作家榜经典文库

读经典名著，认准作家榜

大方
sight

A Room Of One's Own
一间自己的房间

[英]维吉尼亚·伍尔夫 著

于是 译

中信出版集团 | 北京

*A WOMAN MUST HAVE MONEY
AND A ROOM OF HER OWN
IF SHE IS TO WRITE FICTION.*

Virginia Woolf.

CONTENT

CONTENTS

导　读　/ 01

一间自己的房间　/ 001

应该怎样读一本书？　/ 255

画家小传　/ 282

Night Windows (1928) / Edward Hopper

导读
房间之内 房间之外

几乎所有现当代女性主义作家、女性题材的创作都绕不开一句名言："女人想要写小说，她就必须有钱，还有一间属于自己的房间。"（出自伍尔夫的长散文《一间自己的房间》）二十一世纪再回首这一论点，我们还会有新的触动吗？或者，我们真正该问的是：这篇长文问世已近百年，文中探讨的问题在新时代中得到答案了吗？

杰作需要流芳百世的名言，但也可能因一言而蔽，后世的读者反而会因此疏忽文中的多重思想——《一间自己的房间》就是这样的典型，太多人自认为了解了中心思想，却忘记了从头到尾慢慢品读。

这篇长散文是两篇讲稿的合集，容量堪比小长篇，也动用了小说笔法，涉及女性在经济、教育、职业、生育等许多领域面临的困境，用历史的眼光探讨了女性被剥夺的多项权益。1928年10月20日和10月26日，伍尔夫去剑桥大学，分别在纽纳姆女子学院和格顿女子学院就"女性与小说"一题发表了演讲；1929年3月，她将两份讲稿合为一文，最初是以《女性与小说》为题发表于美国《论坛》杂志，并于同年在她和丈夫开创的霍加斯出版社以《一间自己的房间》为书名出版了单行本。

本书根据企鹅出版社2004年的版本再译，所吸取借鉴的老版本很多，早至1989年的三联版（译者：王还），新至2003年人民文学版（译者：贾辉丰）、2014年雅众版（译者：吴晓雷）等版本，主要修正了一些拗口的长句，订正了一些人名、地名及注脚，力求从语感到语义等多方面呼应二十一世纪中文读者的阅读习惯。更重要的是，在本文面世将近百年之际，唤起更多年轻读者对这部女性主义开山之作的再度重视，从文学、社会学、性别主义等多重角度重审这部杰作，甚而意识到——文中所指出的那些问题正在，但并未得到彻底的解决，伍尔夫所期待的女性写作的漫漫长路仍在复杂的现实状况中缓慢拓展，革命尚未成功。

假如说，了解名言背后的全景是此次阅读的第一个任务，那么，第二个任务显然就是了解这篇文章背后的维吉尼亚·伍尔夫（Adeline Virginia Woolf），了解她为何要这样写，又为何比别人更早写出这篇长文。

维吉尼亚·伍尔夫是二十世纪最著名的意识流小说家之一、女权运动先驱，1882 年 1 月 25 日出生于伦敦南肯辛顿海德公园门。父母双方都曾丧偶，所以她从小就与异母 / 异父的七个兄弟姐妹住在一起。她的父亲莱斯利·史蒂芬爵士（Sir Leslie Stephen）是一位很有名的编辑，也是文学评论家及传记作者，第一任妻子哈利特（Harriet Thackeray）是大作家萨克雷的幼女，第二任妻子茱莉亚（Julia Duckworth）长得很美，曾为前拉斐尔派的画家爱德华·波恩－琼斯（Edward Burne-Jones）担任模特，维吉尼亚是她的第三个孩子。正如伍尔夫在本书中所写到的，"若是身为女人，我们只能通过母亲去回溯过去"，茱莉亚对伍尔夫的女性观有很大的影响。虽然在那个年代，男孩才有机会去正规学校读书，但茱莉亚坚持在家里教育孩子，我们可以在 1894 年的一张照片中看到她如何教导五个孩子。后来，在伍尔夫很多散文和小说中，都能窥见母亲茱莉亚的形象。

维吉尼亚出生在这样的文艺世家，显然比同时代的大部分女性更开明。因为父亲与很多文学名士都有往来，包括亨利·詹姆斯（Henry James）、丁尼生（Alfred Tennyson）及托马斯·哈代（Thomas Hardy），她从小就对文学情有独钟。1891 年，九岁的维吉尼亚就在父亲的鼓励下开始写作，自创了名为《海德公园门新闻》的小周报，用词语代替玩具，倾情于自己的游戏。在 1897 到 1901 年间，她在伦敦国王学院接受了古希腊语、拉丁语、德语及历史教育。

可惜好景不长，维吉尼亚十三岁时，母亲茱莉亚因病去世，她经历了人生中第一次精神崩溃；两年后，同父异母的姐姐、代替母亲照顾家人的特斯拉也去世了；紧接着，1904 年，她的父亲莱斯利也去世了，她只能随兄弟姐妹搬到了布卢姆斯伯里（Bloomsbury）的戈登广场。双亲相继辞世的这段时期里，她常常遭到同父异母的哥哥的性侵。

维吉尼亚从 1905 年开始职业写作生涯，最初为《泰晤士报》文学副刊撰稿。后来，她和姐姐万妮萨、哥哥索比、弟弟艾德里安以及几位朋友创立了布卢姆斯伯里派文人团体，在伦敦文艺界相当活跃。在他们的诸多事迹里，有一件事特别值得一说：1910 年，维吉尼亚女扮男装，和弟弟艾德里安等四人登上了当时英国皇家舰船"无畏战舰"，谎称是非洲某个国家的外交团，在舰船上受到了高规格的待遇。此事被媒体披露后，英国海军感觉颜面尽失。而经历这事的人都称赞维吉尼亚的扮相和演技——这显然会让我们联想到她出版于 1928 年的惊世骇俗的小说《奥兰多》。当时，布卢姆斯伯里派有很多拥趸，其创办理念时常与上流社会的迂腐风气冲突，但从回忆录来看，团体内部始终有矛盾，包括姐妹间的情感龃龉，所以，不妨说是因为万妮萨的干预和推动，维吉尼亚才成为了伍尔夫。

1912年，维吉尼亚和公务员兼政治理论家伦纳德·伍尔夫（Leonard Woolf）结婚，出乎了所有人的意料，但世人最终会说，嫁给伦纳德是她一生中最明智的决定。他一直仰慕她，婚后也一直抚慰她、理解她，无论是分房睡还是创办出版社，他都没有怨言地配合她。

1917年4月24日，他们买到一架手动印刷机，霍加斯出版社就此成立，它最主要的业绩莫过于出版了伍尔夫绝大部分的作品。从某种角度看，伍尔夫所言"女人想要写小说……有一间属于自己的房间"尚不足以囊括当时女性写作的困境，真该再加上一句"还要有一间属于自己的出版社"。最初这项只限于会客厅的出版事业很快就占据了他们的餐厅，最后占据了他们生活中的大部分时空，既能以体力活儿让她消解紧张情绪，又能让伍尔夫夫妇不受其他出版社限制，通过自己的文学创作和圈内人脉赚到钱，带来精神和物质的双重满足。但经营独立出版社是很辛苦的，他们不得不从商业角度考虑选择出版物，因此，也拒绝了同样是当时最前卫的意识流作家——詹姆斯·乔伊斯（James Joyce）的新作《尤利西斯》。

无论如何，霍加斯出版社确保了伍尔夫的文学生涯顺畅展开。1917年，伍尔夫出版了《墙上的斑点》；1919年，出版《丘园》和《夜与昼》；1922年，出版《雅各布的房间》；1925年，出版《普通读者》与《达洛维夫人》；1927年，出版《到灯塔去》；

1928年，出版《奥兰多》；1929年，出版《一间自己的房间》；1931年，《海浪》问世；1937年，几经重写和修改的《岁月》问世。在伍尔夫1941年3月28日投河自尽后，霍加斯出版社在伦纳德的努力下继续经营到1946年，在29年间共出版了527部作品。半个多世纪后，霍加斯于2012年重新成立，成为了出版业巨头企鹅兰登旗下的一个品牌。

《一间自己的房间》是一篇随意识流动，且不乏庞杂论据的演讲文，分为六个章节。

第一章开宗明义，点出独特的论点，但叙述重点完全放在伍尔夫在名校中的经历，确切地说，是极其不悦的游览体验，矛头直指男权社会对女性的不公平待遇，但她没有放任自己在怨怼中失去思考，而将思路从学府转到经济层面，有如神来之笔，将文学议题转化为经济基础问题，很可能令二十一世纪的读者惊讶得合不拢嘴——原来，女性拥有财富是如此"新鲜"的事！

第二章的场景转入大英博物馆，想从以往经典作品中寻找答案的伍尔夫铩羽而归，唯一的收获仍是问题：为什么男性作者那么爱谈论女性，甚而在史诗中歌颂，却又同时贬低女性群体的智力、体力和各方面的能力？由此，她成为历史上第一位侦探到男性之愤怒本质的女作家，揭开了男性权威的真相。这时,神来之笔再次出现,钱包中的一两张钞票将议论再次拉回经济命脉。

第三章的精妙构想发生在夜晚的私人书房,从历史学家的叙述出发,向读者展示了"长着鹰翅的蠕虫"般的女性形象。女性在历史上的严重缺席,令伍尔夫执著于一个疑问:十八世纪前的女性究竟过着怎样的生活?本章的神来之笔落在"莎士比亚的妹妹"身上。伍尔夫虚构了一位才华横溢的年轻女子,合理推断了她的悲惨命运。接着,她提出一个更引人深思的问题:才华,究竟该怎样量度?写作,需要怎样的条件?

第四章以无法辩驳的实例取胜。从温切尔西夫人到玛格丽特·卡文迪什,她先罗列了几位十七、十八世纪出身贵族世家的女诗人、女作家,再强调了同时代的班恩夫人是有史以来第一位靠写作谋生的女性,继而展开一幅全景画面:"到十八世纪即将结束时,转变已发生,若由我来重写历史,我要充分描写这一转变,并且明确表态:其意义比十字军东征或玫瑰战争更重大。中产阶级女性开始写作了。"历史进展到十九世纪后,简·奥斯汀和勃朗特姐妹成为她分析的主要对象,但她分析的并不是文本本身的高低良莠,而是作家的心境——换言之,这并不只是文学评论,而更像是心理分析。在此,伍尔夫引申出了就当时而言非常前卫的女性创作观点:"女小说家的性别怎么能妨碍她的真诚,亦即我所以为的作家的脊骨？"女作家不仅要有属于自己的房间，还要有属于自己的思想、视角、态度、句法和修辞……

第五章，伍尔夫将目光投向当代作家。值得一提的是，在做这次演讲前，她已写下了《奥兰多》，在本章节中出现的莫须有的"玛丽·卡米克尔"的处女作，显然和她自己的创作有关系。在此，伍尔夫提醒大家注意：文学世界里尚未有过描写女性友谊的作品。"在简·奥斯汀的时代之前，小说中所有的重要女性都是从异性的视角来看的，而且，只有在与异性发生关联的情况下，她们的形象才得以显现。"如此推断下去便可知，女作家的创作天地何其广阔！她可能也是第一位提及"女性力"的作家。

第六章是总结性的，也比前几章更令人鼓舞。很多人引用过的名言"伟大的头脑是雌雄同体的"其实是柯勒律治说的，但确实是由伍尔夫在此深入阐释的。她以男性作家在行文时无意识表露的倾向为例，继而，将矛头转向正在法西斯国家如火如荼展开的文学运动，并以"早产儿"这一精准的类比对其进行了批判，这充分证明了伍尔夫拥有客观、专业且具有历史批判性的文学观。最后，她鼓励年轻的女大学生们勇敢地走上文学之路，并且再次强调了物质对于创作力的重要性：归根结底，不是物质本身在起作用，而是物质能给予的一定程度的"心智自由"。

"任何人，写作时总想着自己的性别，都会犯下毁灭性的错误。"作为女权主义的先驱之一,伍尔夫并没有偏袒女性写作时应强调女性意识,这恰恰是真正的平权运动所期待的结果。如果女性也成为愤怒的男权家长式的人物,或许,那并不该被认为是女权运动的最终胜利,也绝对不是雌雄同体的心智的表现。

本书采取"外一篇"的结构,附加了原本收录于《普通读者》中的一篇演讲文:《应该怎样读一本书?》。虽有一个看似指导性很强、酷似手册文案的标题,但这篇文章实为一位资深读者的经验漫谈,从传记到诗歌,伍尔夫用读者特有的跨时空思维脉络,向我们展现了一部微缩的英国文坛景象。本次重译将文中所提及的诸多人物反复加以确认,有兴趣的读者可以在注脚中窥见各位名留青史的英国文学家们在贵族世家和社交圈的互动关系。

如上所述,维吉尼亚·伍尔夫首先是个饱读诗文的资深读者,再是一位笔耕不辍的天才作家,还是一位对经济、历史、性别等社会问题有深刻思考的知识分子。她的文学遗产值得后人不断重读,她超越时代的思想更值得一代又一代女性深思。

2019 年 3 月

一间自己的房间

一间自己的房间

一间自己的房间

一间自己的房间

1
范妮·伯尼
Fanny Burney（1752—1840），英国女作家，代表作：长篇小说《伊夫莱娜》(*Evelina*)、《卡米拉》(*Camilla*)。

2
简·奥斯汀
Jane Austen（1775—1817），英国女作家,代表作：小说《理智与情感》(*Sense and Sensibility*)、《傲慢与偏见》(*Pride and Prejudice*)、《爱玛》(*Emma*)。

3
勃朗特三姐妹
The Brontës，即：夏洛蒂、艾米莉和安妮，代表作分别是《简·爱》(*Jane Eyre*)、《呼啸山庄》(*Wuthering Heights*)和《艾格尼丝·格雷》(*Agnes Grey*)。她们的父亲是英国北部约克郡海沃斯地区的牧师，所以她们的家宅就叫海沃斯牧师家（Haworth Parsonage），现为勃朗特故居博物馆。

1

你们或许要说,我们请你来谈谈女性与小说——但是,这与自己的房间有何关联?

请容我慢慢细说。

你们邀请我来讲"女性与小说"这个主题后,我就在河边坐下,开始深思这两个词的涵义。要说这个主题,我也许可以点评一下范妮·伯尼[1]的小说,就简·奥斯汀[2]多说几句,再把勃朗特姐妹[3]夸赞一番,并简略形容一下冰雪覆盖下的海沃斯牧师家;如有可能,再用几句俏皮话评一评米特福德小姐[4],再用几句恭维的

玛丽 拉塞尔 米特福德 Miss Mitford(1787—1855),全 名 Mary Russell Mitford,英国女剧作家、诗人、散文作家,代表作:散文集《我们的村庄》(Our Village)。

摘引,让人想到乔治·艾略特[1],再提一下盖斯凯尔夫人[2],如此罢了,大致就能算讲完了。但三思过后,又觉得这几个字似乎并非如此简单。

女性与小说,这个议题的意思可能是关于女性的,或许,你们的本意是要我谈谈女性应该是怎样的人?也有可能是关于女性作家及其所写的小说;又有可能是关于女性和那些以女性为题的小说;当然,也可能这三者兼而有之,成为无法区隔的大议题,你们是想请我从这个角度加以考虑。

但当我开始用这个思路,也似乎是最有趣的一个思路去思考时,却很快发现它有一个致命的缺点:我将永远无法得出结论。我也无法尽到一个讲演者的首要责任——我认为,那就是在讲完一小时后能给出一些金玉良言,足以让你们的笔记本熠熠生辉,被永远地供奉在壁炉台上。

而我所能做到的一切,却只是就一个微小的问题给出一个观点:

1
乔治·艾略特
George Eliot(1819—1880),本名 Mary Anne Evans,英国女作家,代表作:《米德尔马契》(*Middlemarch*)、《弗洛斯河上的磨坊》(*The Mill on the Floss*)等。

2
伊丽莎白·盖斯凯尔
Mrs Gaskell(1810—1865),全名 Elizabeth Cleghorn Gaskell,英国小说家,代表作:《玛丽·巴顿》(*Mary Barton*)等。

女人想要写小说,
她就必须有钱,
还有一间属于自己的房间。

Morning sun (1952) / Edward Hopper

如此一来，你们肯定会发现，诸如女性的天性、小说的真谛之类的大问题都将悬而未解。我推脱了责任，不去给这两个问题下结论——就我而言，女性、小说，都仍是未解的疑难。

不过，为了加以弥补，我将尽力向你们说明：我是如何形成"房间和钱"这个观点的。我将在诸位面前知无不言、言无不尽地阐述自己一连串的思绪是如何归结到这个想法的。如果我能把这种论调背后的种种想法或者说是种种偏见解释清楚，你们也许就会发现，其中有涉及女性的部分，也有涉及小说的部分。

无论如何，谁都不能指望在某个备受争议——任何牵涉到性别的问题都是如此——的议题上说出唯一的真相。我们只能如实展现自己何以得到并持有某种观点，且不管那是什么样的观点。对于听众，我们只能给出一种可能性：在了解讲演的种种局限、成见和个人偏好之后，让听众们得出自己的结论。

在这种语境下，小说所涵盖的真相远胜于事实。因此，我要充分利用身为小说家的所有自由和特权，先对你们讲一讲我来这里前的两天里发生的事情——肩负着你们施加于我的沉重话题，我苦思冥想，任其在我的日常生活中随时随地引发思考。无需赘言，我接下去描述的场景纯属虚构：牛桥[1]是杜撰的，芬汉姆学院也一样；所谓的"我"只是为了叙述方便而使用的人称代词，并非特指真实的某人。

我会信口开河，但也许会有部分真相混杂其中，要由你们把真相寻觅出来，再由你们决定其中是否有值得记取的真理。如果没有，你们当然可以把这些话统统扔进废纸篓，忘个一干二净。

[1] 原文 Oxbridge，这显然是牛津（Oxford）与剑桥（Cambridge）的合并，是伍尔夫对当时高等院校的戏谑称呼。

好，那就来说说一两个星期前的我（可以称我为玛丽·伯顿，玛丽·西顿，玛丽·卡米克尔，或是任何你们中意的名字——这无关紧要）。

那是十月里的一个好天气，我坐在河边，沉迷于思考。刚才提到的重负，也就是"女性与小说"这个激发出各种偏见和强烈情绪、亟待得出结论的主题，压得我抬不起头来。

就连我左右两边一丛丛不知名的灌木都闪耀着金黄与深红的色彩，宛如在高热的火焰中炽燃。对岸，柳树垂杨低拂，似要哀泣到永远。河水随心所欲地倒映天空、小桥和河畔色泽火亮的树叶，每当有大学生划船而过，倒影碎而复合，完好如初，好像那人从未来过。

坐在那儿，简直可以从早到晚地沉迷于思索。

思索 —— 这么说算是抬举吧——已将其钓线沉入涓涓溪流中

Two Figures Reclining in a Landscape (1921) / Henri Matisse

了。一分钟又一分钟，它在此处的倒影、彼处的水草间晃动，随水浮升又沉降，直到钓线那头突然沉了一下——你们知道，就那么轻轻一提。小心翼翼地收线，把凝聚上钩的念头钓上来，再小心翼翼地展开，铺陈在草地上；哎呀，我的这个小念头，看上去是那么微小，那么无足轻重，俨如一条小鱼，小到老练的渔夫会把它丢回河里，让它再长大一点，有朝一日再钓来下锅，才好大快朵颐。我不想现在就让你们因这个念头而伤脑筋，但如果你们留心，就能在我接下来的讲说中发现它的蛛丝马迹。

然而，不管它是何等渺小，却终究有其神秘性——只要被放回脑海，它就立刻变得令人兴奋，并且意义重大；它时而飞游，时而沉潜，从这儿那儿闪过，激荡出一波波思绪的骚动，让人实在没办法安静地坐下去。

于是，我快步走起来，不知不觉间踏进了一块草坪。就在那一瞬间，有个男人的身影挺立而出，拦住了我的去路。一开始我都没反应过来，那个身穿圆摆外套、内衬正装衬衣、怪模怪样的家伙是在冲我做手势呢。他的表情又惊恐又愤慨。

与其说是理性帮到了我，不如说是本能让我幡然醒悟：他是学监，而我是个女人。

这儿是草坪，人行道在那边呢。

只有研究员和学者们可以走这里的草坪，而我该走的是碎石小路。

这些想法是在一瞬间发生的。等我重新走上石子路了，学监的手臂才放下来，神色也平和下来，一如往常了；虽说草坪是比石子路好走，但石子路也不至于造成多大的损害。但是，不管那些研究员和学者们是哪所学院的，我只有一件事要投诉：就为了保护他们这块三百年来始终被养护平整的草皮，却把我的小鱼吓跑了，踪影全无。

我现在已经想不起来了，当时究竟是什么样的思绪让我肆无忌惮地擅闯"禁地"？祥和的精神如天堂降下的祥云，如果能驻留于某时某地，那就必然是在美好⼀月的清晨，降落在牛桥的校园和四方庭院之中。穿过一条条古老的长廊，徜徉于学院之间，现实的粗粝感似乎被磨灭了；身体仿佛置于一樽神奇的玻璃柜里，没有声音能传进来，心神也远离各种现实中的纷扰（只要别再踏入草坪），尽可自由遐想，沉溺于任何与此时此地相宜相契的深思。

不经意间，我偶然想起一篇提及长假时重游牛桥的古老散文，继而又想起那位散文作家查尔斯·兰姆[1]——萨克雷[2]曾把兰姆的一封信高举齐额，尊称他为"圣查尔斯"。确实，在过世的前辈作家中（我想到哪儿就说到哪儿），兰姆算是最可亲可近的一位，你会愿意问他"请告诉我，您是如何写好散文的？"之类的话。我觉得他的散文在很多方面甚至超越了马克斯·比尔博姆[3]的杰作，尽善尽美，因为他有狂野的想象力，那种天赋灵光迸发于字里行间，有如闪电霹雳，固然会给文章带去瑕疵和不足，却还有诗意星光般闪耀。

兰姆来到牛桥，差不多是一百年前的事了。他确实写了那篇散文——

1
查尔斯·兰姆
Charles Lamb（1775—1834），英国随笔作家、诗人，代表作：《伊利亚随笔》（*Essays of Elia*）。这里提及的散文指的是兰姆发表于1820年的《假日中的牛津》（*Oxford in Vacation*）。

2
威廉·萨克雷
William Makepeace Thackeray（1811—1863），英国作家，代表作：《名利场》（*Vanity Fair*）等。

3
马克斯·比尔博姆
Max Beerbohm（1872—1956），英国漫画家、散文作家、诗人。

标题我记不得了——文中提到他在这里看到了弥尔顿[1]的手写诗稿。那首诗应该是《黎西达斯》吧。兰姆写道，一想到《黎西达斯》中的每一个字词都可能不是现在这样，他不禁深受震动。在兰姆想来，即便只是想一想弥尔顿改换了这首诗中的字词，都像是一种亵渎。这又让我尽力去回忆《黎西达斯》，猜一猜弥尔顿改动的是哪个字词，为什么要那样改，那应该会让我乐在其中吧。

继而，我又蓦然想到：兰姆看过的那份手稿近在眼前，不过几百码远；也就是说，我完全可以追随兰姆的足迹，径直穿过四方庭院，去亲眼看看那座珍藏宝物的举世闻名的图书馆。

说去就去，就在我把这个想法付诸实施的时候还想到一件事：萨克雷的《艾斯芒德》手稿也保存在这座著名的图书馆里。评论家们常把《艾

1

约翰·弥尔顿 John Milton（1608—1674），英国最著名的诗人之一，政论家。代表作：长诗《失乐园》（*Paradise Lost*）、《复乐园》（*Paradise Regained*）、《力士参孙》（*Samson Agonistes*）等。下文中的《黎西达斯》（*Lycidas*）是弥尔顿悼念亡友所著的哀歌，手稿现存于剑桥大学三一学院。

斯芒德》誉为萨克雷最完美的小说。但在我的记忆里，这本书的文体矫揉造作，刻意效仿了十八世纪的写作风格，对作家而言更像是一种阻碍，除非，十八世纪的风格对萨克雷来说反而是自然而然的——若能看到手稿，细查这种刻意的改变是为了精致的风格，还是为了充实意蕴，或许能证实这一点。

但若想去证实，还必须先敲定何为风格、何为意蕴，这个问题——刚想到这儿，我已经走到直通图书馆的大门口了。

我准是把门推开了，因为，立刻出现了一个守护天使般的人影挡在入口处，但他没有天使般的纯白羽翼，而是披着一袭纯黑色的长袍；这位银发苍苍、面目和善的绅士不以为然地挥挥手，把我挡在门外，略有歉意地低声告知：只有在本学院研究员的陪同之下，或持有介绍信的女士，才得入内。

举世闻名的图书馆被一个女人咒骂,<u>丝毫无碍于它依然是座举世闻名的图书馆</u>。庄严肃穆,备受仰慕,带着安全无虞、深锁于心扉的所有珍宝,它志满意得地酣睡着,对我来说,它将如此沉睡到永远。我恼怒地走下台阶时默默发誓:我决不会惊扰它的清梦,决不会再来请求它的优待。

距离午餐还有一个小时,我还能做什么呢?在草地上散散步?到河边坐坐?那天上午真是秋高气爽,落叶缤纷,满地飘红,散步或闲坐都不算难事。

但有乐声飘荡耳际。应当是有人在做礼拜,或在举行什么庆典。当我经过小教堂时,门内的管风琴奏出了如怨如诉的壮丽旋律。在那宁谧的氛围中,甚至连基督门徒的悲郁听来都更像是对悲哀的怀缅,而非悲哀本身；甚至连古老的管风琴的哀诉都被那份宁谧层层裹住了。

即使有权入内，我也不愿进去了，这一次，教堂执事恐怕也会拦下我，要我出示受洗证明或是本区主教开具的介绍信。反正，这些宏伟建筑的外观之美一如其内部。更何况，看看信众聚集、进进出出、像一群蜜蜂在蜂房口忙忙碌碌，也挺有乐趣。他们大多披袍、戴帽，有人披着毛皮披肩，还有人坐在轮椅里被推行，还有些人，虽未届中年，却已显沧桑憔悴，形貌怪异，让人想起在水族馆的沙滩上费力爬行的巨蟹和螯虾。我斜倚在墙上，顿觉眼前的大学沽像一个庇护所，稀有物种尽被收容，要是让他们在斯特兰德[1]一带自求生路，恐怕很快都会被淘汰。

一时间，我的脑海里浮现出那些老学究的陈年故事，但还没来得及鼓起勇气吹口哨——据说，有位老教

---

[1] Strand，伦敦西敏城的一条街道，自十二世纪以来就很繁华，聚集了很多老派餐厅、豪华酒店、私人银行、歌剧院等地标性场所。

授一听到口哨声就会狂奔——那些可敬的信众都已进了教堂。只剩下小教堂的外墙可供观瞻了。如你们所知，可以看到高高的穹顶和尖塔，像一艘永在航行却永不能抵达的船，点亮暗夜，远隔山头仍遥遥可见。

不妨设想一下，曾几何时，涵盖齐整的草坪、恢宏的建筑和这座小教堂在内的这个四方形大庭院，也不过是片沼泽，荒草飘摇，猪猡刨食。我猜想，必定曾有一群群牛马从遥远的乡村拉来一车车石头，然后工人们费尽千辛万苦，自下而上一块块地垒砌灰色巨石，我才得以站在它们的荫庇之下；继而，画师带来彩色玻璃窗，装嵌入框，泥瓦匠带着泥刀铁铲，几百年来忙于在穹顶上涂抹油灰水泥。每逢周六，必定有人从皮革钱袋里倒出些金币、银币，落在那些久远年代的工匠的掌心里，好让他们能去换酒水，在九柱戏中消遣一夜。

我料想，必定要有流水般的金币银币源源不断地送到这庭院来，好让石头一车车运来，泥瓦工一天天劳作，整地、挖沟、掘地，还要凿渠。而且，那是虔于信仰的年代，挥掷金银打下深厚的根基，垒起巨石建筑后，还要从国王、王后、王公贵族的金库里筹措到更多金银，以不吝之姿投入建设，确保圣歌能在此唱诵，学识能在此传授。土地一块块被赏赐，赋税一笔笔被缴清。而当信仰时代过去，理性时代到来后，金银钱财仍要如此滚滚而来——设立研究生的奖学金，资助讲师们的职位，只不过，现在流入的金银不是来自王公贵族的金库了，而是商贾的钱柜，还有那些靠制造业赚了大钱的工厂主的腰包，他们要回馈教给他们一技之长的大学院校，便在遗嘱中拨出巨资，让大学添置更多桌椅，请来更多讲师，培养更多研究生。

由此，几百年前荒草飘摇、猪猡刨食之地，如今便有了图书馆和实验室，有了天文台，玻璃架上还有昂贵的设备、精密的仪器。绕着庭院信步而行时，我深觉金银夯实的地基着实深厚，毋庸置疑，人行小道坚实地铺在野草之上。头顶盘子的男人们步履匆忙，在楼梯间穿梭。花朵在挂于窗台外的花篮里炫丽盛放。留声机放出响亮的旋律，从房间里传出来。

不去反思都不可能啊——但不管想到了什么，也只能点到为止。钟声响了。是该去吃午饭的时间了。

有一件事很耐人寻味：小说家们总有办法让我们相信，一席午餐之所以令人回味，必定是因为有人妙语连珠，或有人举止高明。但对于吃食本身，他们往往惜字如金。小说家们谨遵的俗套之一便是避而不谈汤、鲑鱼和鸭肉，好像汤、鲑鱼和鸭肉根本就无关紧要，好像根本没人吸过一口雪茄或喝过一杯红酒。

不过，我要在此冒昧地违背这种俗套，明明白白地告诉你们：这顿午餐一上来就是盛在深盘里的龙利鱼，学院的厨师在上头浇覆了一层雪白的奶油，零星露出些鱼身的褐色，宛如雌鹿两侧的斑点。随后的一道菜是鹧鸪，但你们千万别以为那只是一对儿毫无装饰的棕褐色小鸡。这道鹧鸪肉非常丰盛，搭配了各种蘸酱和沙拉，有辛辣的，有香甜的，各自井然排列；配菜里的土豆片薄如钱币，但没那么硬；嫩嫩的小菜心像玫瑰花苞，但要更多汁、更美味。烤鹧鸪和配菜刚刚用完，静候一旁的侍者——也许就是刚才那位学监，只不过换上了和颜悦色的姿态——就端上了甜品：用白餐巾围绕着的糕点，糖霜如海浪翻卷。

1
凡·戴克
Anton van Dyck（1599—1641），比利时画家，师从鲁本斯，被誉为"佛兰德斯巴洛克艺术三杰"之一，英王查理一世时任宫廷首席画家。

若称其为布丁，会让人误以为它只是米和薯粉的混合物，那就未免委屈它了。

这一餐当中，酒杯时而泛起金黄色，时而泛出酒红色；时而被添满，时而被饮空。就这样，一点一点地，我们的灵魂所在之地——脊背的中央——燃起了一团火焰，不是那种生硬刺眼的电光——那只是我们谈吐时的唇舌间闪现的智慧灵光，而是在理性交汇时闪现的更深邃、更微妙、更幽明的浓金色光辉。

不必匆忙。不必火花四溅。不必成为别人，只需做自己。

我们都会升入大堂，凡·戴克也会与我们为伴——换句话说，只要现在点上一支好烟，靠在窗边的软垫上，生活就会看似美好，回报何其甘甜，所抱怨的这个、哀怨的那个是多么微不足道，坐拥志同道合的伙伴又是多么值得赞美。

要是运气好,手边正巧搁着烟灰缸,就不必把烟灰弹出窗外;要是事实与此稍有不同,我大概就不会看到窗外的物事,譬如说:一只没有尾巴的猫。

这只闯进我的视野、短了一截的小东西轻柔地穿过四方庭院,这景象无意间触动了潜意识里的认知,瞬间改变了我的心境。感觉像是有人放下了遮光帘。也许,让人心醉神迷的酒力正在慢慢消解。显然,那是若有所失的感觉,有些东西不一样了,我看着那只曼岛猫停在草坪的中央,好像它也在质问天地。但缺失的是什么?不一样的又是什么?我一边听着旁人的交谈,一边默默自问。

为了回答这个问题,我不得不假想自己出离这个房间,回到过去,确切地说是回到战前,假想自己置身于另一场在距此不远的几间屋子里进行的、与此不同的午餐宴会,所有细节都与当下的不同。

我在想象时,宾客们正谈得尽兴,大部分人都很年轻,有女士,也有男士;他们谈得很畅快,很投机,轻松又风趣。

我继续假想,把这场聊天置于过去那场午餐闲聊的背景,彼此对照,我便毫不怀疑:这场就是那场的延续,堪称其合法的继承人。没有改变,没有不同,只不过我在这里竖起耳朵,听到的不只是他们在说什么,还能听出交谈之外的低语,或者说是气韵。没错,就是这个——不同之处。

战前,人们在这样的午餐会上聊的话题和当下的毫无二致,但听起来会有所不同,因为在那时候,人们的谈话会伴随着一种低沉的韵律,不太清晰,但乐音起伏,令人激动,因此改变了言谈本身的价值。

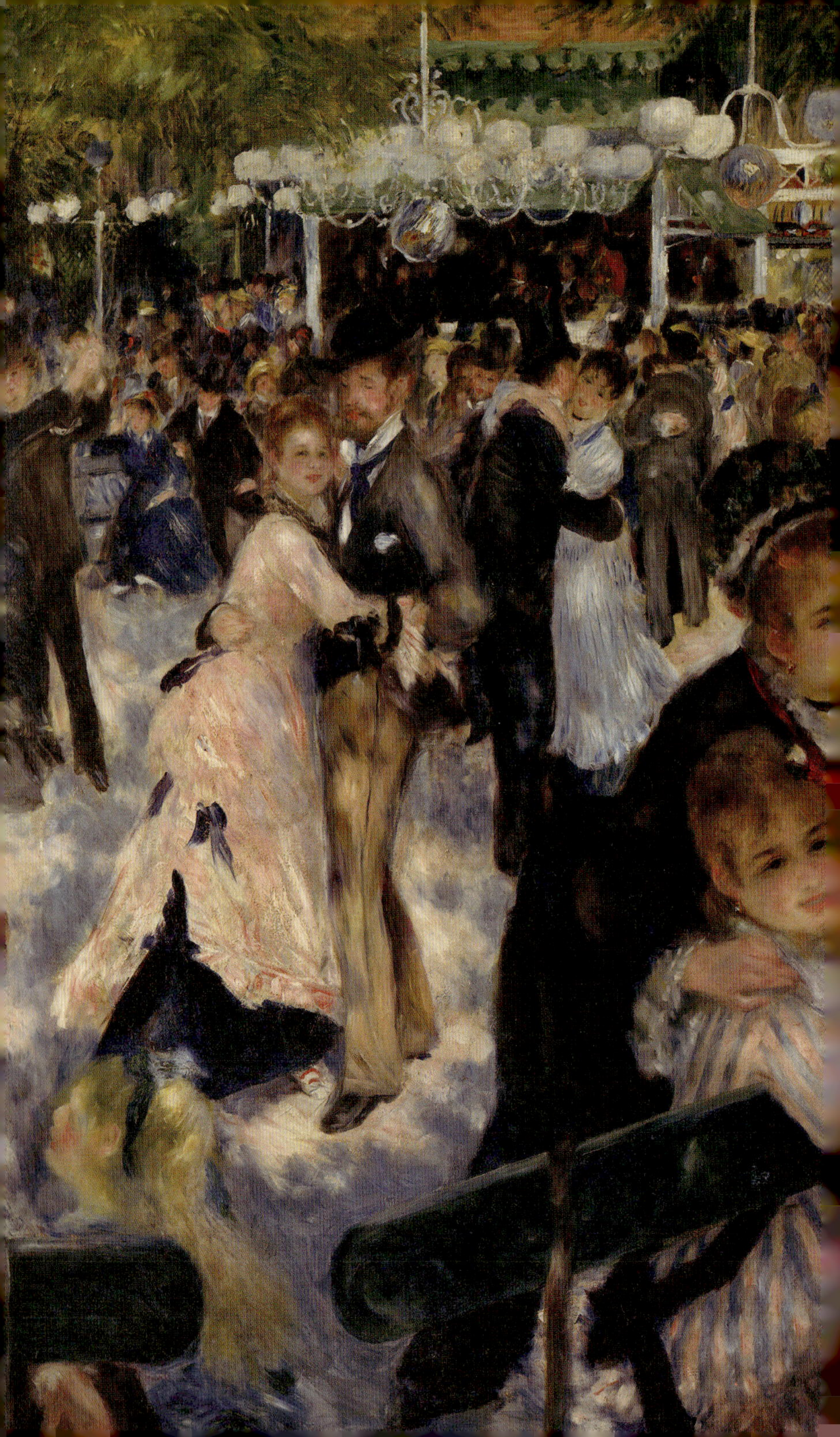

Dance at Le Moulin de la Galette (1876) / Auguste Renoir

能为那些低吟般的语调配上文词
吗？也许要有诗人助力。在我身旁放
着一本书，我信手翻开就是丁尼生[1]
的诗。我觉得他就是在吟唱：

一滴璀璨的泪珠落下
自门前怒放的西番莲。
她来了，我的亲爱，我的爱人；
她来了，我的生命，我的命定；
红玫瑰在高喊，"她来了，她来了"；
白玫瑰在啜泣，"她来迟了"；
飞燕草在倾听，"我听到了,听到了"；
而百合在低语，"我等"。

这是男士们在战前的午餐宴席
上所吟唱的吗？女士们呢？

1
阿尔弗雷德·丁尼生
Alfred Lord Tennyson
（1809—1892），英国维多利亚时代的桂冠诗人，代表作：《悼念》(*In Memoriam*)等。

我的心如歌唱的鸟儿
巢栖溪畔的枝头；
我的心如苹果树
累累果实压弯了枝条；
我的心如七彩的贝壳
浮沉在平静的海水中；
我心中的喜悦胜过这所有一切
因为我的爱人正走近我的身边。

这是女士们在战前的午餐宴席上所吟唱的吗？

想到人们沉吟着这样的字句，甚至是在战前的午餐席间压低了声音念诵，实在觉得很滑稽，我忍不住笑出声来，还不得不指向草坪上的曼岛猫，假装是被它逗乐的；那可怜的小东西没有尾巴，看起来确实有点荒诞。它是天生如此，还是在意外中失去了尾巴？虽然，据说曼岛上是有天生无尾的猫，但为数甚少，远不如大家以为的那么多。那是一种奇特的动物，与其说它美，倒不如说是古怪。

就一条尾巴，有和没有感觉截然不同，真是好奇怪啊——你们也知道，这类闲话通常是午餐曲终人散、大家取衣戴帽时会说的。

多谢东道主的盛情款待，这顿午餐一直吃到将近黄昏才散。美艳的十月天已西沉渐暮，我走在林荫道上，秋叶纷纷落下。一扇又一扇大门似乎带着温柔的决绝在我身后关闭。数不清的学监将数不清的钥匙塞进油润的锁眼里，宝库又将妥善无虞地安度一夜。

林荫道尽头有一条街——我忘记街名了——只要你没有转错方向，沿着此路就能直通芬汉姆学院。不过，时间尚早。七点半后才会开始晚餐。其实，享用过那样一顿午餐后，不吃晚餐也没问题。

奇怪的是，那几句诗在脑海中萦绕不去，腿脚也随其韵律而律动——

　　一滴璀璨的泪珠落下
　　自门前怒放的西番莲。
　　她来了，我的亲爱，我的爱人。

诗句在我的血脉中歌唱着，我快步朝着海丁利走。就在水花激溅在堤堰的地方，我的步履又换了另一种节奏：

　　我的心如歌唱的鸟儿
　　巢栖溪畔的枝头；
　　我的心如苹果树
　　……

伟大的诗人！我放声呼喊，就像人们会在暮色中呼喊。他们是多么伟大的诗人啊！

把我们这个时代和过去对照比较，未免是有点荒谬、愚蠢的比法，但相形之下，我还是陡生某种妒羡之情；继而又开始思忖，平心而论，谁能说出两位在世诗人堪比当年那样卓越的丁尼生和克里斯蒂娜·罗塞蒂[1]？

显然是不可能的，我凝望着泛着泡沫的河水，想到无人能与他们媲美。那时的诗歌可以让人心悦诚服，原因就在于它歌颂了那时的人们曾有的情感（也许就是在战前的午餐宴席上），所以，人们才能轻而易举地产生共鸣，感同身受，不必费神去揣度那种情绪，也不用与我们当下会有的任何情绪相对照。而如今的诗人们表达的是由我们在当下生发、又被我们当下剥离的情感。

1
克里斯蒂娜·罗塞蒂
Christina Georgina Rossetti（1830—1894），英国女诗人，代表作：《妖精市集》（*Goblin Market*）等。

人们很难一眼就认清，还时常出于某些原因害怕面对这种情感的真相；人们会热切地关注，嫉妒而犹疑地将其与自己熟悉的往日情怀相对照。所以，现代诗难懂，也因为这种难懂，不管是哪位优秀的现代诗人的杰作，人们也顶多只能记住两行。也是因为这一点——我也记不住更多诗句——我的观点因为缺乏实例而显得乏善可陈。

我继续朝海丁利走去，却依然在自问：为什么我们的午餐宴席中不再有人低吟浅诵呢？为什么阿尔弗雷德不再吟唱：

她来了，我的亲爱，我的爱人；

为什么克里斯蒂娜不再应和：

我心中的喜悦胜过这所有一切
因为我的爱人正走近我的身边。

我们该把这归咎于战争吗？1914年8月的枪声响起时，在男人和女人的眼中，彼此的面容是否明明白白地写着：浪漫已被扼杀？在炮火中看到统治者们的嘴脸，确实令人震惊（女人们尤其是，因为她们对接受教育及其他始终保有幻想）。那些嘴脸太丑恶了——德国人、英国人、法国人——愚蠢至极。

但是，无论归咎于何时何地何人，那曾燃起丁尼生和克里斯蒂娜·罗塞蒂的激情，为爱人的到来忘情歌唱的美妙遐想，现已所剩无几，和过去相比少太多了。我们只能去阅读，去观察，去倾听，去回忆。

那么，为什么要说"归咎"呢？如果那遐想本是幻觉，为何不索性去赞许那场浩劫——且不管该给它定什么名称——破灭了幻象，取而代之以真相？因为真相……这些省略号标注的是某个位置，我就是在那儿因探寻真相而错过了通往芬汉姆的岔道。

是的，没错，我不断自问：究竟何为真相，何为幻象？譬如说，这些人家最真实的一面是什么呢？是此刻暮色中红彤彤的窗扉，泛着朦胧又喜庆的光晕？还是清晨九点钟散了一地的糖果和鞋带，在鲜红的朝阳中透露出的粗糙和邋遢？还有那一排排柳树、河流和河畔的花园，此刻隐现在夜雾的笼罩中，但若艳阳普照，又将是一片金红灿烂。那该如何界定它们的真相和幻象？

我就此略过纠结辗转的千头万绪，省得让你们伤脑筋。反正，在走到海丁利的那一路上，我并没能得出什么结论，只想请各位假想一下：我很快发现自己走错路了，这才掉头，重新走上通向芬汉姆的道路。

恰如之前所说,那是十月里的一天,我可不敢贸然更改时节,去描绘悬垂在花园墙头的丁香花、番红花、郁金香及其他春天才有的花卉,以免辱没了你们对我的尊敬,以及小说的好名声。小说必须忠于现实,越是真实,小说就越好——我们听到的都是这种说法。

因此,此时仍是秋天,树叶也仍然枯黄飘落,要说有什么不同,那只能是比先前凋落得更快了,因为现在已入夜(确切地说是7点23分),还起了微风(确切地说是西南风)。但总还有些不平凡的事情在进行中:

> 我的心如歌唱的鸟儿
> 巢栖溪畔的枝头;
> 我的心如苹果树
> 累累果实压弯了枝条……

这种虚妄的幻景宛如浮现在眼前,克里斯蒂娜·罗塞蒂的诗可能要为此负一部分责任;这显然是彻底的幻象——丁香在花园的墙头摇曳,黄粉蝶翩翩然地飞来飞去,花粉飘扬在空中。不知从哪里来的一阵风吹拂嫩叶,银灰色闪动。

那是日光与夜色交接的时刻,各种颜色兀自沉郁,玻璃窗上的深紫和赤金浓墨重彩,像一颗难抑雀跃的心兴奋跳动。

一时间,说不清道不明的,尘世之美尽然显现,却又倏忽幻灭(此时我推开花园的大门径直走了进去,就因为有人粗心大意,没有关门,而学监也不在附近);即将幻灭的尘世之美好比双刃,一边是笑声,另一边是悲苦,利刃划过,心碎无数。

在我眼前,芬汉姆学院的花园沐浴在春天的暮光里,野趣横生,空旷开阔,高高的芒草间点缀着自由自在生发的黄水仙和蓝铃花,也许,即便在最美的花期里它们也是纷乱无序的,更何况现在刮起了风,它们拽着根茎肆意摇曳。学院大楼上的窗子错落有致,宛如船窗,浮沉在起起伏伏的红砖间,春天的云朵轻快地掠过,在窗上投下时而鲜黄娇嫩、时而银光

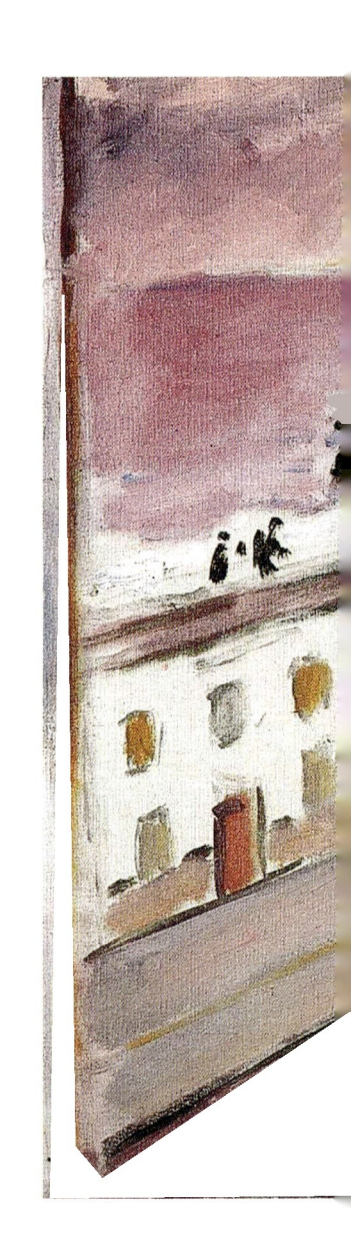

Young Woman at the Window, Sunset (1921) / Henri Matisse

闪闪的光影。

有人躺在吊床里，还有人在草丛中飞奔——没有人去拦下她吗？如此的光影中，她们也如幻影，像是凭空猜想的，也像亲眼见到的；还有人在露台上，像是出来呼吸新鲜空气，探出身子俯瞰花园，那身影倾身向前，令人敬畏却也谦卑，她有着饱满的前额，穿着破旧的衣裙——会是那位鼎鼎大名的学者吗？会是 J·H[1] 本人吗？

一切都很黯淡，却又那么强烈，好像黄昏为花园笼上的薄纱已被星光或利剑划成了碎片——可怕的现实从春天的心窝里一跃而出，闪出一道寒光，因为青春——

我的汤来了。晚餐设在宽敞的大餐厅里。其实，还是十月的夜晚，根本不是春天。大家集聚在大餐厅里。晚餐已经准备好了。

汤端上来了。普普通通的肉汤。

1
简·哈里森
Jane Harrison（1850—1928），英国著名女学者，涉猎古典学、考古学、人类学等多个领域，是剑桥学派"神话-仪式"学说的创立者，也是现代女权主义学术奠基人之一。

汤里没有任何撩动遐想的东西，清可见底，盘底若有花纹，多半也能看得一清二楚。但盘子里并没有花纹。盘子是素色的。接着端上来的是牛肉配青菜土豆——最家常的老三样，让人联想到泥泞的菜场，牛的后臀肉，菜心的枯黄色蔫叶边儿，提着编织袋的女人们在周一的大清早和摊主讨价还价。我没有理由抱怨饮食，因为三餐不愁，分量充足，再说了，煤矿工人吃的远不如这些。

梅干和蛋奶糕也上来了。若是有人抱怨，哪怕有蛋奶糕来润软，梅子也还是拿不出手的菜（甚至算不上水果）：纤维太多，像守财奴干巴巴的心，汁液却太少，像流淌在一辈子都舍不得吃饱、喝足、穿暖，更舍不得去施舍穷人的守财奴身体里的血，那么，这个人也该想到，还有些人慈悲为怀，哪怕只是梅干，也能笑纳。接着端上来的是饼干和奶酪，这时候，大家频繁地把水罐传来传去，因为饼干本来就很干，而这些饼干是干硬到骨子里去了。

餐点全部上完了。晚餐到此结束。每个人都把椅子吱吱嘎嘎地从桌旁推开，弹簧门砰砰地开开关关，大餐厅被收拾一空，一丁点儿吃食的影子都没有了，毫无疑问已准备就绪——就等着明天的早餐了。

楼下的走廊里、楼上的楼梯上，到处都能看到英国青年们打打闹闹，随兴歌唱。而一位客人，一个外人（我在芬汉姆学院也好，在三一学院、萨默维尔、格顿、纽纳姆或是基督堂学院也好，都没有学生的资格）难道可以直言"晚餐不够好"或是问一句"我们不能在这里单独用餐吗？"（我和玛丽·西顿已回到了她的客厅里），其实在外人看来，这儿明明是欢声笑语，生机勃勃，要是我说出那种话，岂不像是在暗中猜度这儿的家底？不行，这样的话是说不出口的。

坦白说，一时间连交谈都有点意兴阑珊了。人体结构天生如此，身、心、脑浑然一体，无法分装于分割明晰的部位，毫无疑问，再过百万年也依然如此，所以，美餐对交谈至关重要。人只要吃不好，就不能好好思考、好好恋爱、好好睡觉；若是吃不好，决然办不到。心胸深处的那盏明灯不是靠牛肉和梅干点亮的。我们或许都能升上天堂，也希望凡·戴克就在下个街角等候我们——这就是一日辛劳后，牛肉和梅干滋养出来的有所限制的、没有把握的心智状态。

幸好，我这位教科学的朋友在橱柜里搁了一小樽酒和几只小酒杯（但本该有龙利鱼和鹧鸪相配才好啊），我们才得以围坐炉火，弥补这一天下来的些许折损。不到两分钟，我们的话匣子便打开了，独自一人时，脑子里难免胡思乱想，遇到久别重逢的朋友，自然会尽情闲聊那些感兴趣的事——怎么有人结了婚，另一个却还没；有人这么想，还有人那么想；有人见多识广，飞黄腾达，还有人却每况愈下，令人咋舌；凡此种种，一旦开聊，就难免议论人性，评说我们所处的世道。

就在如此闲聊时，我暗自羞愧地发现自己心不在焉，任由话题自生自灭。别人可能在谈西班牙或葡萄牙、书籍或赛马，但真正的趣味并不在这些话题本身，而落在五百年前的泥瓦匠们在高耸的屋顶上忙碌的画面上。王公贵族带来大袋大袋的钱财，倾倒在土地上；这情景总会生动地浮现在我心头，而与之并列的是：皮包骨头的母牛、泥泞的菜场、枯黄的青菜、干巴巴的老人心脏。这两幅画面，既不相关也无联系，看似荒诞得毫无意义，却总是同时出现，竞相对照，令我无可奈何，只得听之任之。除非彻底扭转话锋，否则，最好的做法莫过于直抒胸臆，要是运气好，我披露的想法就会像先王的头骨，在温莎古堡的皇家棺墓被打开时，瞬间褪色并粉碎。

于是，我三言两语地对西顿小姐描述了泥瓦匠们多年来在小教堂的屋顶劳作，国王、王后和王公贵族们将整袋整袋的金币银币扛在肩上，铲翻泥地，倾倒入土；继而，根据我的猜想，我们这个时代的金融大亨再把支票和债券投进了前人曾经藏金埋银的地方。

我说，那些财富都在那几所学院的地底下；不过，我们所在的这所学院呢？在华丽的红砖墙下、花园中未经刈的野草下，又埋藏着什么呢？在我们餐桌上那些素朴至极的瓷盘背后，还有（没等我住嘴，就已脱口而出了）那些牛肉、蛋奶糕、梅干的背后，又蕴藏着什么样的力量呢？

喔，玛丽·西顿说，那是在1860年前后吧——噢！这事儿你也是知道的，她有点厌倦地说道。我猜想，是因为讲了太多次了。

但她又对我讲了一遍——房间最早是用租的，委员会召开了，写好地址的几封信发出去了，公告起草好了；会议一场接一场，一封封信被宣读，某某人承诺了捐赠数目；相反，也有某位先生一个子儿都不肯出；《星期六评论》出言不逊。我们去哪儿筹笔钱来租办公室？要不要搞场义卖？不能找个漂亮姑娘来撑门面吗？让我们看看约翰·斯图尔特·密尔[1]对这事儿有何高见。有没有人能说服某报的编辑刊出我们的公开信？能不能找到某夫人，为这封信签个名？某夫人恰好出城了。六十年前，事情就是这样办成的，千辛万苦，耗费了不少时间。经过了长期努力，费尽周折，才最终筹到了三万英镑[2]。

显而易见，她说，我们供不起美酒和鹧鸪，雇不起头顶托盘的男仆，也没有沙发和单独的房间。"安逸舒适，"

1
约翰·斯图尔特·密尔 John Stuart Mill（1806—1873），英国哲学家、经济学家，代表作：《论自由》（*On Liberty*）。

2

"我们听说，应该至少要有三万英镑……这根本算不上大数目，一来考虑到整个大不列颠、爱尔兰以及各殖民地只有一所这样的院校，二来要想到，任何一所男子学校都能轻而易举地筹到巨款。但再考虑到只有极少数人真心希望女性接受教育，这个数目其实算很大了。"——史蒂芬夫人，《艾米莉·戴维斯小姐生平与格顿学院》（*Emily Davis and Girton College*）。——原著注。

她引述了某本书上的一句话,"只能等日后再说了。"[1]

我想到那些女人年复一年辛勤劳作,要凑齐两千英镑都很难,最终却竭尽所能地筹来了三万镑,实在忍不住蔑视我们女性群体的贫困,这是理应被谴责的状况。我们的母亲都做什么去了,为什么没给我们留下一笔钱?忙着涂脂抹粉吗?盯着商店的橱窗吗?在蒙特卡罗的艳阳下招摇摆阔?

壁炉台上摆着几张照片,玛丽的妈妈——假定照片中的人就是她——或许会在闲暇时挥霍享乐(她为教会牧师生了十三个孩子),倘若真是这样,那些享乐的日子并没有在她脸上留下多少骄奢欢愉的痕迹。她看上去平淡无奇,只是个披着格子披肩、别着雕花大胸针的老太太。她坐在藤椅里,逗着一条长耳猎犬看

---

[1] "能刮来的每一个子儿都拿去盖楼了,安逸舒适,只能等日后再说了。"——R·斯特里奇,《事业》(*The Cause*)。——原著注。

向镜头，表情喜悦，也有点紧张，因为她知道，快门按下去的时候，猎犬肯定会动成模糊的一团。

如果她当初投身实业，开办人造丝工厂，或是从商，成为玩转证券市场的富豪；如果她能为芬汉姆学院留下二三十万镑，我们今晚就会何等安逸啊，话题也将是考古学、植物学、人类学、物理学，探讨原子、数学、天文、相对论或地理学的奥妙。

要是西顿夫人和她的母亲，以及她母亲的母亲，都学会赚钱这门伟大的艺术，并像她们的父亲与祖父们先前做的那样，把她们的财富留下来，专为女同胞们设立研究员和讲师职位、设立奖金和奖学金，那该多好啊！我们就可以在这儿单独享用一顿像样的珍禽和美酒，也可以用算不上奢望的自信，去憧憬愉快而体面的一生，在某个慷慨捐赠的职位里尽享荫庇。我们可以去探险，也可以写作，在古迹和胜地信步游荡，坐在帕台农神庙的阶梯上沉思，也可以早上十点准时去办公室，下午四点半悠闲地回家，写一首小诗。

只不过——麻烦就在这里——如果西顿太太们从十五岁起就经商或从事实业，那就不会有玛丽了。我问玛丽对此有何看法。

窗帘的缝隙间，透露出十月的夜色，静谧而美妙。渐渐枯黄的树木间，隐约闪现一两颗星星。为了让某人大笔一挥，遂令芬汉姆学院赢得大约五万英镑的捐赠，她会甘愿舍弃眼前的良辰美景吗？甘愿抹去她的丰饶回忆（虽然人数众多，但那是非常幸福的一大家人）——少时在苏格兰的嬉戏和吵闹，以及让她赞不绝口的苏格兰的清新空气、美味糕点吗？因为，要给一所学院捐资，就势必无法组建大家庭了。

既要赚大钱，又要生养十三个孩子——没有任何人能兼顾这二者。

我们要说的是，应该好好思索一些事实。首先，十月怀胎才能生下孩子。其次，孩子出世后，需要三到四个月的哺乳。哺乳期过后，又要花上大约五年的时间陪伴孩子。总不见得放任孩子们满街乱跑。有人在俄国见过孩子们四处乱奔，回来就跟我们说，那场面一点儿都不招人爱。

人们还说，人的心性是在一岁到五岁之间养成的。我问道，如果西顿太太一直忙于赚钱，你记忆中的嬉戏和吵闹会变成什么样子？你所知的苏格兰又会是什么样的？还会有清新的空气、美味的糕点和别的美妙之处吗？

不过，问了也白问，因为在那样假设的前提下，你根本不可能被生下来。更何况，就算西顿太太和她的母亲，以及她母亲的母亲积攒了大量财富，全部投入学院和图书馆的地基之下，我们这样追问也仍是白问，因为，首先，她们不可能赚到钱，其次，即便她们赚到了钱，法律也不承认她们有权利把自己赚来的钱归为己有。只是在最近的四十八年里，西顿太太才能保有属于自己的一便士。在此之前的千百年里，那始终是属于她丈夫的财产——也许正是因为这一点，西顿夫人和她的母亲，以及她母亲的母亲，一直都在证券交易所门外裹足不前；她们可能会说，我赚到的每一分钱都被拿走，任由丈夫处置，钱怎么花，全凭他们见仁见智，搞不好就拿去给贝利奥尔学院或国王学院设了个奖学金，或是添个研究员的职位；所以，就算我可以去赚钱，我也没什么兴趣；还是让我的丈夫去赚吧。

无论如何，不管该不该归咎于那位盯着猎犬看的老太太，也不管出于何种原因，我们的母辈都无疑把自己的事情搞砸了。没有一个子儿可挪用于"安逸舒适"：用在鹧鸪和美酒、学监、草坪、书籍、雪茄、图书馆和闲暇项目。

能在这片荒芜之地建起徒有四壁的院墙，她们已经尽了最大的努力。

我们倚在窗边交谈，和千千万万人在夜里一样，俯瞰这座名城里的穹顶和塔楼。在深秋的月色下，那是非常美丽又极其神秘的景象。年代久远的老石墙洁白而庄严。

人们会想到收藏在其中的万卷图书；悬挂在雕花饰

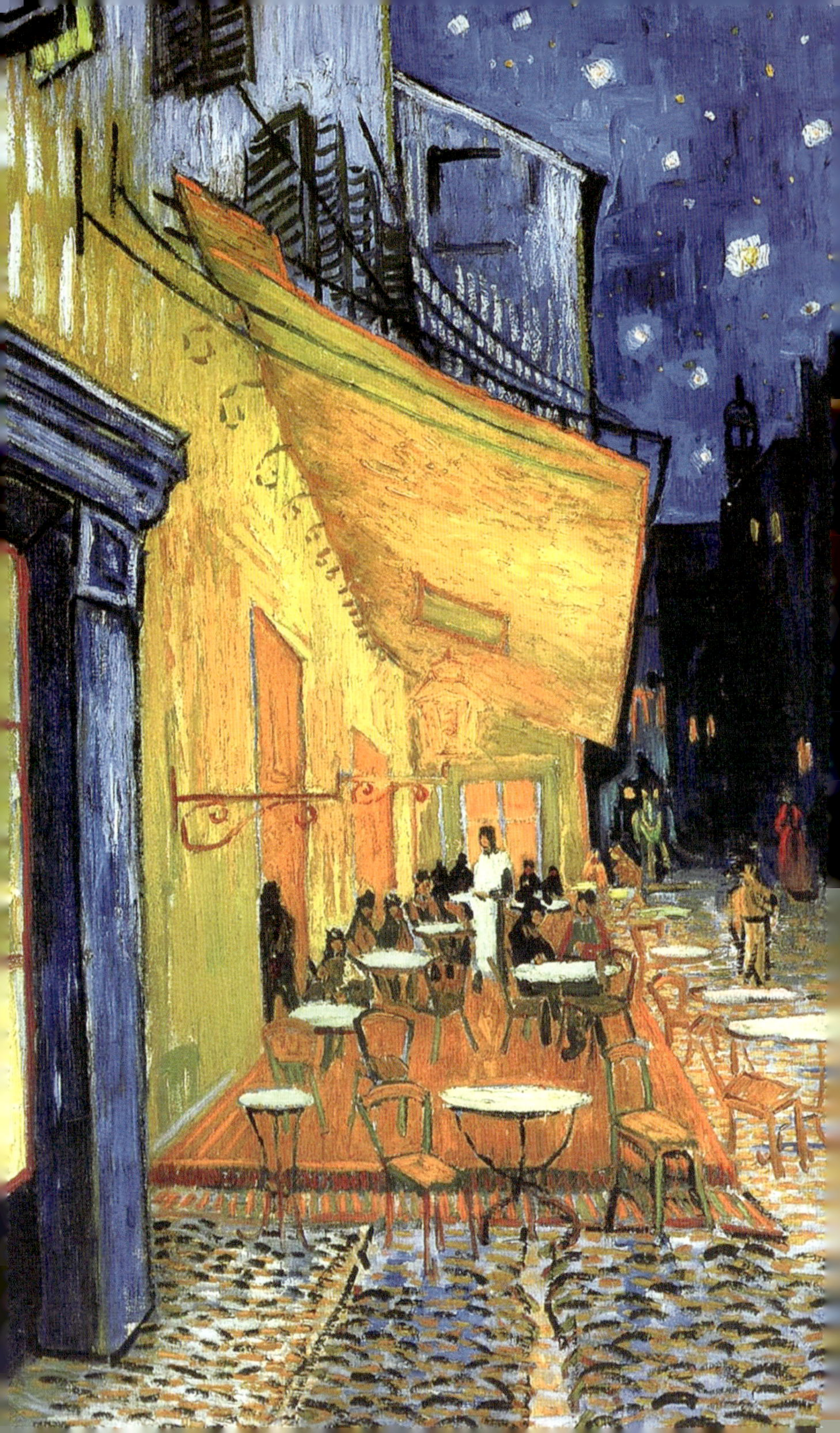

板房间里的老主教和名人们的画像；在走道上投下或满圆或新月形奇妙斑影的彩色玻璃窗；喷泉和青草；能望见四方庭院的安静的房间。

我还想到了（请原谅我），宜人的轻烟、美酒、深深的扶手椅和悦人眼目的地毯；想到了斯文、从容、尊严，皆源自奢华、清净、有余裕的空间。

当然，母亲们没有为我们提供任何与之媲美的安逸选项，毕竟，她们连三万英镑都要辛苦筹措，她们是为圣安德鲁斯教会的教士们生十三个孩子的母亲们。

我就此告辞，返回下榻的小旅店。走过幽暗的街巷时，我像忙碌工作了一整天的人那样，左思右想。我在想，为什么西顿夫人没钱留给我们？我想到贫穷会给心智带来什么影响？还想到上午见到的那些裹着毛皮披肩的古怪老先生；又想起

CAFE TERRACE AT NIGHT (1888) / VINCENT VAN GOGH

某位老先生一听到有人吹口哨就会拔腿飞奔;再想起小教堂里响起的管风琴声,以及,图书馆紧闭的大门,再想起被拒之门外是何等不悦;但转念一想,说不定,被关在那扇门内会更难愉悦起来;我想到一种性别群体享有的安逸与富饶,以及,另一种性别群体忍受的贫穷和不安全感;再想到,有没有传统观念对一名作家的心智会产生怎样的影响。

想到最后,我觉得是时候把这一天里的种种思辨、印象、愤怒与欢笑统统清空了,就像扔掉一只揉皱的纸团,一股脑儿地丢到篱笆墙里去。

寂寥的深蓝夜空中,群星闪耀。面对如此不可思议的世界时,似乎只能是孤寂一人。所有人都在沉睡——俯卧的,仰卧的,无声无息的。

牛桥的街巷里空无人影。就连旅店的门扉也悄然开启,如同被一只看不见的手推开了;没有一个杂役为了等我而起身点灯,照亮我回房的路,真的太晚了。

2

请继续随我来,现在已经换了新场景。

依然是落叶时节,但已在伦敦,不再是牛桥了;我请求你们务必发挥想象力,想象出一个和千万个房间类似的房间。

屋里有窗,掠过行人的帽子、货车与小汽车,可以望到对面房屋的窗户;屋里有桌子,桌上放着一张白纸,上面写了几个大字:**女性与小说**,但没有下文。

遗憾的是,经历过牛桥的午宴和晚餐后,似乎不可避免地要去一趟大英博物馆了。只有滤除这些印象中的个人情绪和偶然几率,才能得到纯粹的真相,就像提炼精油那样。因为,牛桥之旅连同午宴和晚餐引生出了许多疑问。

为什么男性饮酒,女性喝水?

为什么一个性别群体享尽荣华富贵,另一个群体却如此贫穷？

贫穷对于小说有何影响？从事艺术创作必需哪些条件？

成百上千的问题涌现出来。但我们需要的是答案，而非问题。

要想得到答案，只能去请教不带偏见的饱学之士：他们早就不逞口舌之争、不为肉身所扰，并将自己研究、演绎得出的论断著述成籍，最终被收藏在大英博物馆里。

倘若大英博物馆的书架上也找不到真理，我不禁要问：那还能去哪儿找呢？

我这样想着，带上了笔记本和一支铅笔。

就这样，我准备就绪，带着自信和好奇，踏上了探求真理的道路。

天虽没下雨，但很阴沉，博物馆附近的街巷中随处可见堆煤的地下室洞口大开，一麻袋一麻袋的煤被倾倒下去；四轮马车驶来，停在人行道边，卸下一只只捆好的箱子，里面应该是某些瑞士人或意大利人一大家子的衣装，指望这个冬天能在布卢姆斯伯里区的寄宿公寓里栖身，找到糊口之策，求到财运，或是觅到别的有利可图的差事。一如往常，嗓音粗哑的卖花郎推着小车，沿街叫卖花草盆栽。

Our Street in Grey (Unsere Strasse in Grau) (1911) / August Macke

有人大声吆喝，有人唱腔十足。

伦敦就像一个大工厂。伦敦就像一架织车，我们都像来来回回的梭子，在空白的底色上织出某些图案。大英博物馆就像工厂里的另一个车间。推开几扇弹簧门，就能站在那恢宏穹顶之下；俨如一个念头，置身于宽广饱满的前额，圈住这额头的发带上还辉显着诸多显赫的姓氏。

走向借阅台，拿起一张卡片，打开一册书目，然后·····这五个点分别代表了我发呆、迷茫、慌张的那五分钟。

你们知不知道，一年之中，有多少关于女性的书被写出来？你们又知不知道，这其中有多少是出自男性的手笔？你们知道吗，自己很可能是全宇宙被人谈论最多的生物？

我自备纸笔来到这里，本以为读个一上午，就能把真理转录到笔记本上了。但现在我想的是：我得有一群大象和一窝蜘蛛的本领，才能完成这件事，因为众所周知，大象活得够久，蜘蛛的眼目够多。另外，我还需要铁爪和钢牙，才能凿开这厚厚的坚壳。卷帙浩繁，堆积如山，我怎么可能找到深埋其中的真理之核？

在默默的自问中，我开始绝望地上下浏览那长长的书名列表。单单是书名，就给了我思索的动力。性别及其本质，想必会引发医生和生物学家的兴趣；但令人吃惊且无法解释的是，性别——确切地说，就是女性——也吸引了好些讨人喜欢的散文家、妙笔生花的小说家、拿到文学硕士学位的年轻人，还有一些不学无术的男人：除了不是女人外，别无过人之处。

乍看之下，有几本实在让人觉得轻佻浮夸，故作幽默；也有一些书态度严谨，有先见之明，寓意深远，有劝勉谏诫之意。光是看看书名，就能联想到数不清的男性教师、男性教士，登上他们的讲台或讲坛，口若悬河地就此话题做长篇大论，远远超出为这个主题通常预设的规定时间。

这种现象最为古怪，很显然——这时候，我已在检阅字母 M 那一栏下的书目——也仅限于男性。

女人不写有关男人的书——这实在让我长舒一口气，如果要我在动笔前先把所有男人写女人的书读上一遍，再通读女人写男人的书，那一百年开一次花的龙舌兰恐怕都得花开二度了。

所以，我随便选了十来本书，把写好书名的借阅卡放进了铁丝盆里，如同其他来此寻求纯粹真理的人一样，回到我的座位等待图书馆职员把书送来。

我真觉得纳闷，到底是出于什么原因，才会有如此奇特的悬殊？我思忖着，同时在英国纳税人提供、本该用作他途的借阅卡纸上随手画起了圆圈。

从这份书单上来看,为何男人对女人的兴趣远大于女人对男人的?

这好像是个非常古怪、引人深思的事实。我开始浮想联翩,想象那些花了不少时间著书论述女性的男人们到底过着怎样的生活;他们是年事已高,还是年少轻狂?已婚还是未婚?有酒糟鼻还是驼背?——不管怎样,能成为大家关注的对象,多少都会让人飘飘然,只要关注自己的人别都是老弱病残就好——我就这样沉浸在可笑的胡思乱想中,直到一大摞书如雪崩般倾倒在我面前的书桌上。

好了,麻烦来了。

在牛桥受过训练、习得研究方法的学生无疑懂得理顺头绪,就像把羊只全部轰进羊圈那样,厘清问题,直奔答案。就像我身旁那位埋头抄录科学手册的学生,我敢肯定,他每隔十几分钟就能从字海文矿中淘出真金。他不时发出满意的咕哝声,无疑就是明证。

然而,若不幸未曾在大学里受过这等训练,那问题的答案恐怕就不会像羊群乖乖入圈,而如同被一群猎犬追逐,东奔西跑,四散而逃。教授、教师、社会学家、牧师、小说家、散文家、新闻记者,还有那些除了不是女人外就别无过人之处的男作者们蜂拥而上,狂追不舍,活生生把我那唯一又单纯的问题——女人为何贫穷?——分散成了五十个小问题；继而，五十个问题如羊群在惊惶中一齐狂坠激流，不知被冲向何处。

笔记本上的每一页都有我匆匆写下的笔记。为了展现当时的所思所想，我会择选一些读给你们听，这一页的标题用大写字母非常简单地写着：

女性与贫穷

但标题下的字句大致如下：

中世纪女性的状况
斐济群岛的女性习俗
作为女神被膜拜的女性
女性的道德意识较为薄弱
女性的理想主义
女性更有尽责尽力的自觉意识
南太平洋诸岛，女性的青春期
女性的魅力
被当作献祭品的女性
女性的脑容量小
女性的潜意识更深奥
女性的体毛更少
女性的心智、道德和体能逊于男性
女性对儿童的爱
女性更长寿
女性的肌肉有欠发达
女性的情感力量
女性的虚荣
女性的高等教育
莎士比亚论女性
伯肯赫德爵士[1]论女性
英奇教长[2]论女性
拉布吕耶尔[3]论女性
约翰逊博士[4]论女性
奥斯卡·勃朗宁[5]先生论女性……

1
伯肯赫德爵士
1st Earl of Birkenhead
(1872—1930），本名
Frederick Edwin Smith,
英国律师、政客、著
名演说家。

2
威廉·拉尔夫·英奇
Dean Inge（1860—1954），
全名 William Ralph Inge，
作家，英国国教牧师，剑
桥大学神学教授，圣保罗
大教堂教长，曾获三次诺
贝尔文学奖提名。

3
拉布吕耶尔
Jean de La Bruyère
（1645—1696），法
国作家、哲学家，
代表作:《品格论》
(*Les caractères*)。

4
塞缪尔·约翰逊
Samuel Johnson（1709—
1784），英国作家、文
学评论家、诗人、辞书
编纂者，编著过莎士比
亚选集。代表作：长
诗《伦敦》(*London*)、
小说《阿比西尼亚王
子》(*Rasselas, Prince of
Abyssinia*) 等。

5
奥斯卡·勃朗宁
Oscar Browning（1837—
1923），英国作家、历
史学家，教育改革者。

059

当时，我写到这儿忍不住深吸一口气，还在空白的页缘添了一笔：为什么塞缪尔·巴特勒[1]说"聪明的男人绝口不提对女人的看法"？但聪明的男人显然也不谈别的话题。

我继续思索，一边向后靠在椅背上，仰望恢宏的穹顶，一个念头已扩张为一团乱绪；可是，令人遗憾的是，在女人这一点上，聪明的男人们历来都没有一致的观点。蒲柏[2]这样说：

女人大都没有个性。

拉布吕耶尔却这样说：

女人爱走极端，不是比男人好，就是比男人坏。

两个同时代的明眼人却得出针锋相对的结论。
女人有没有能力接受教育？拿破仑认为她们没有；约翰逊博士正好相反[3]。
她们有没有灵魂？有些野蛮人说她们没有；另一些人正好相反，还认为女人的一半是神，因此膜拜她们[4]。
有些哲人认为她们头脑浅薄，另一些却认为她们的感

1

塞缪尔·巴特勒

Samuel Butler（1835—1902），英国作家，代表作：讽刺体乌托邦小说《乌有之乡》(*Erewhon*)，半自传体小说《众生之路》(*The Way of All Flesh*)。

2

亚历山大·蒲柏

Alexander Pope（1688—1744），十八世纪英国最伟大的诗人，杰出的启蒙主义者，推动了英国新古典主义文学发展。代表作：《愚人志》(*The Dunciad*)、《夺发记》(*The Rape of the Lock*)。

3

"'男人知道女人比自己更胜一筹，所以，他们才总是选择最弱小或最无知的女人。要是他们打心眼里不这样想，就决不可能害怕让她们和他们懂的一样多。'……对另一种性别的人应该保持公允，我觉得应该开诚布公地承认，他在随后的谈话中对我说，他那样说，是因为真心那样想。"——鲍斯威尔，《赫布里底群岛旅行日记》(*The Journal of a Tour to the Hebrides*)。——原著注。

4

"古代日耳曼人相信女人身上有神圣之处，也因此将她们当作大祭司，凡事请教。"——弗雷泽，《金枝》(*Golden Bough*)。——原著注。

知力更深奥。歌德称颂她们，墨索里尼鄙视她们。

但凡读到男人谈及女人之处，他们的想法都各不相同。

我想明白了，要从中理出头绪来是不可能的事，我不无妒羡地瞥一眼近旁的读者，他的笔记摘录井井有条，还时常以 A、B、C 为顺序标示，而我的笔记本上呢，东一句西一句，涂鸦般凌乱记下的尽是些相互矛盾的论点。这实在让人懊恼，让人心烦意乱，让人汗颜。真理从我的指缝间溜走了，一点一滴都没剩。

想来想去，我总不见得就这样回家去，以为煞有介事地添上一笔——诸如：女人的体毛比男人的少；或是南太平洋诸岛上的女性青春期始于九岁，还是九十岁？连笔迹都潦草到难以辨认了——就算为"女性与小说"这项研究添砖加瓦了。忙了整整一上午，要是拿不出什么更有分量、让人钦佩的成绩，岂不是很丢人。

如果我无法把握 W（以下我将以此简称"女性"）的真相，那何必自找麻烦去担忧 W 的未来？现在看来，向那些绅士求教纯粹是浪费时间，哪怕他们专门研究女性及女性带给政治、儿童、工资或道德等各种方面的影响。还不如不翻开他们的书。

不过，我一边沉思，一边在无精打采、沮丧到绝望的情绪中,下意识地画了一张小画,就画在本该像我的邻桌那样写下结论的地方。

我画出了一张脸,然后是一个身形。

画的是倾心倾力撰写传世之作《论女性心智、道德及体能之低劣》的冯·X教授的脸孔和身形。

在我的画面里,他对女性而言可以说是毫无魅力。

体格壮硕,下颌宽大,反衬出一双极小的眼睛,似乎是为了平衡大下巴;他的脸涨得很红,从其表情来看,他显然是在激愤的情绪中奋笔疾书,下笔有如刺刀,一笔一笔刺在纸上,俨如在刺杀害虫,哪怕虫子被刺死了,他仍然意犹未尽,还要继续屠戮,即便如此,他仍有余怒未消、气恼不平的动机。

我看着自己的画,不禁暗自发问:是不是因为他的妻子?她是不是爱上了某位骑兵军官?那位军官是不是玉树临风,身穿俄国羊羔皮外套,风度翩翩?还是套用弗洛伊德的说法,他在摇篮里就被某个漂亮姑娘嘲笑过?因为,在我想来,恐怕在摇篮里,这位教授就算不上是讨人喜欢的孩子。反正,不管出于什么原因,在我的画笔下,这位教授在撰写大作,论述女性心智、道德和体能如何低劣时看起来非常愤怒、非常丑陋。

随手画幅小画,权当是百无聊赖的解闷方法,为一上午的徒劳无功画上句号。然而，深藏不露的真理常常就在我们的百无聊赖、我们的白日梦中浮现出来。

心理学的基础知识——根本不必动用精神分析的堂皇名号——告诉我：只需看看自己的笔记本就能明白，怒容满面的教授画像正是被愤怒画就的。就在我空想时，愤怒夺走了我的画笔。

那我的愤怒又从何而来呢？好奇、困惑、喜悦、厌烦——它们在这一上午接踵而至，我不仅辨认得出每一种情绪，还能说出其原委。愤怒，这条黑蛇，是不是一直潜藏其间？

是的，由这幅画来看，愤怒的确潜藏其间。它明白无误地向我指出：就是那本书、那句话激起了魔鬼般的愤怒，就是那位教授说女性的心智、道德和体能低劣的那种论调。我的心剧烈跳动，面颊滚烫，怒火中烧。这倒没什么稀奇的，尽管是有点傻。

可谁都不乐意被别人说成天生就比某个小男人还要低劣——我看了一眼身旁的男学生,他呼吸很重,系着简便式的领带,看上去有两星期没刮胡子了。

人人都有某种愚蠢的虚荣心。这只是人的天性吧,我一边想着,一边画起了圆圈,一圈圈环绕教授的怒容,直到那张脸看似着火的灌木丛,或是一颗拖着巨焰的彗星——不管像什么,反正已不成人样,没有人类特征了。这位教授现在只是汉普特斯西斯公园[1]里一把点燃的柴火了。

我的怒气很快就找到根源,发作完了也就消气了,但好奇还在。该如何解释那些教授的愤怒呢?他们因何而怒?

只要对这些书留给人的印象稍作分析,就必然能觉察到书中涌动着一种激烈的情绪。这种激烈,假借或讽刺,或伤感,或好奇,或斥责等方

[1] Hampstead Heath,位于伦敦西北部约有3.2平方公里的自然保护区。

式表露出来。

不过，常常涌现出的还有另一种情绪，而且很难被一眼看出来。我称其为:愤怒。但愤怒是暗中涌动的，混杂、隐没在其他各种情绪之中。从它引发的反常效果来看，这种愤怒得到了伪装，错综复杂，决非简单外露的直白怒气。

我审视着桌上的一大堆书，心想，不管出于什么理由，对我想要达成的目标而言，这些书全都没有价值。虽然这些书极尽人情，不乏训诲、趣味和无聊，甚至还附有斐济岛民的怪诞风俗，但就科学的意蕴而言，它们毫无价值。它们写出的都是红色的情绪，而非皓光般的真理。所以，必须把它们归还到屋子中间的大桌上去，回到巨大蜂巢里的小隔间里去。

那一上午，我辛苦得到的唯一收获就是有关愤怒的真相。

那些教授们——我把他们统称

为教授了——很愤怒。但这是为什么呢？我还了书，站在廊柱下，站在成群的鸽子和史前的独木舟之间，我再次发问：为什么？他们为什么那么愤怒呢？这个问题盘桓在脑海中，我信步而行，想要找个地方吃午餐。被我暂时称之为愤怒的情绪，其本质到底是什么呢？我问自己。

这是个甩不掉的难题，需要我在大英博物馆附近的小餐馆落座，搭配食物继续思考。之前用餐的客人把晚报的午间副刊落在椅子上了，等菜上桌时，我便漫不经心地浏览大标题。

一行大字母如缎带横跨整版：有人在南非旗开得胜。

小一号的缎带宣称：奥斯汀·张伯伦爵士[1]在日内瓦。地下室惊现粘有人类毛发的斩肉刀。某位大法官在离婚法庭上对妇女的伤风败俗大发议论。

1
奥斯汀·张伯伦
Sir Austen Chamberlain
（1863—1937），英国政治家，1925年获诺贝尔和平奖。

067

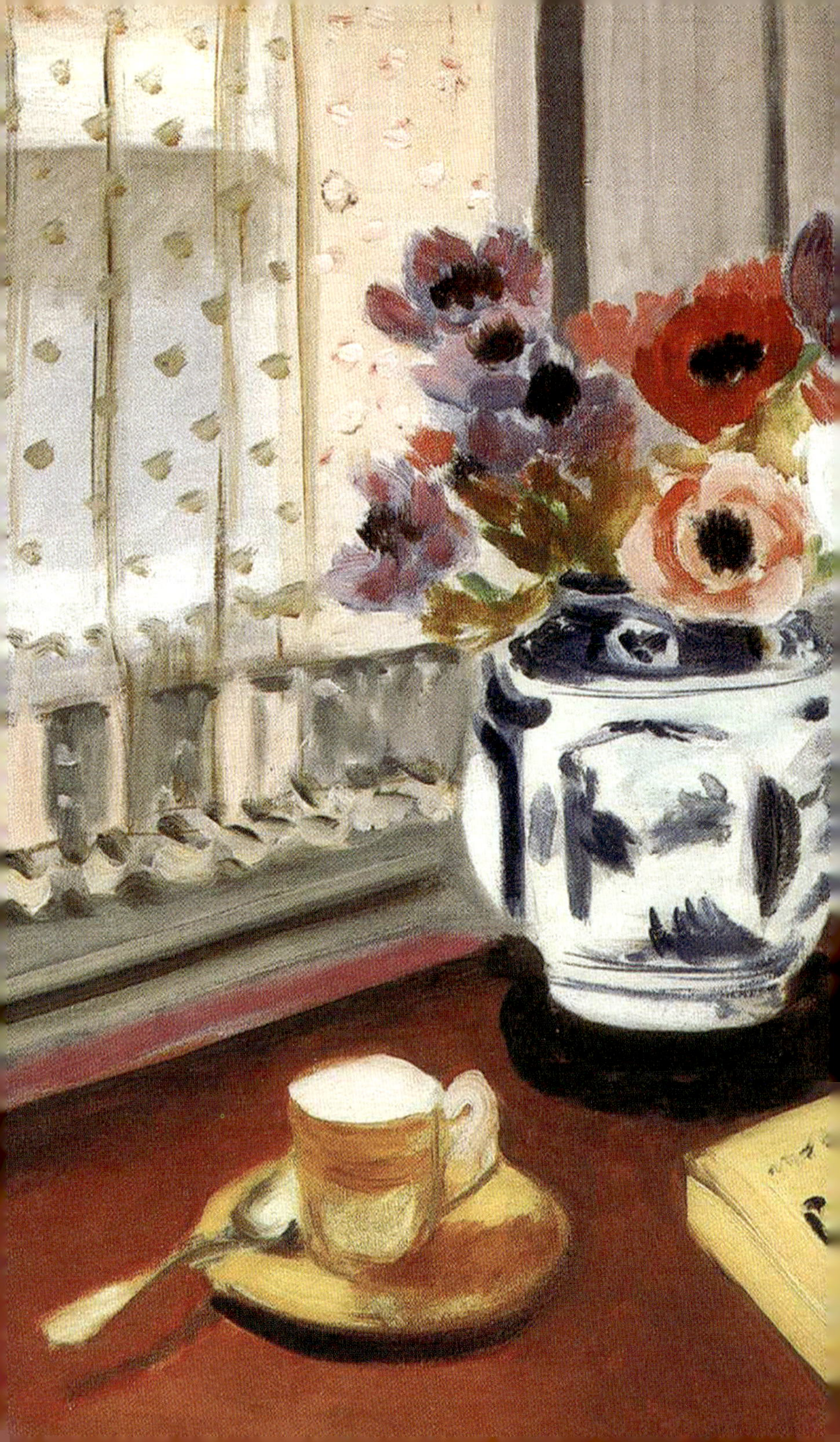

其他的小新闻见缝插针地散布在报纸各个角落：某女影星被人从加利福尼亚山顶用绳索垂挂，悬于半空。天气将起雾。

我猜想，只要拾起这份报纸，哪怕是匆匆光临本星球的外星人，哪怕只是瞄几眼零星片段，就不可能看不出英国处于男性统治之下。任何理智健全的人都不可能感觉不到那位教授的绝对优势。

他的优势，就是权力、金钱和影响力。他拥有报业，及其总编和副总编。他是外交部长，也是法官。他是板球运动员，拥有几匹赛马和几艘游艇。他是大公司的总裁，能让股东赚足百分之二百。他给自己名下的慈善机构和大学院校留下百万英镑。他把女影星悬在半空。只有他才能决断那把斩肉刀上的毛发是不是属于人类；只有他才能宣判凶手有罪无罪，是该施以绞刑，还是当庭释放。

PASCAL'S PENSEES (1924) / HENRI MATISS

除了起雾这件事，一切尽在他的掌握之中。

他却很愤怒。而且，我知道他很愤怒。阅读他写女性的那些高谈阔论时，我思忖的并非论点，而是他本人。

当论述者不动私情、冷静地据理力争时，只会专注于论点，读者也会一心不二，关注论点本身。如果他谈论女性时心平气和，并且举证出一些不争的事实作为论据，让人看不出他有刻意坚持某种结论，读者也不会为此动怒。人们会欣然接受事实，就像承认豌豆是绿的、金丝雀是黄的那样。那样的话，我恐怕只能承认那是真的。但正是因为他有怒气，所以我也变得恼怒。

我随手翻着晚报，想到如此大权在握的男人竟然还要动怒，未免太荒谬了。我开始思忖，也可能，在不明就里的状况下，怒气就是权势的附属品，好比鬼怪附体？譬如说，有钱人时常动怒，因为总在担心穷人要夺走他们的财富。

但那群教授，或者更确切地说，那群男权主义者，他们之所以有怒气，除去这个原因外，还有另一种不那么明显的深层原因。

也许，他们根本没有"动怒"，实际上，他们在与女性的私人生活中常常不吝美词，充满博爱，堪称楷模。也许，他有点过分地强调女性之低劣时，他在意的并非她们之低劣，而是自己的优越。那才是他急于强调、过分捍卫的东西，因为这才是他的无价之宝。

我望着人行道上摩肩接踵的行人，心想，生活对于男女两性来说都不容易，一样是艰辛、苦难、无尽的奋斗。那需要我们付出无比的勇气与力量。或许，对于我们这些耽于幻想的人而言，更重要的是要有自信。没有自信，我们就好像摇篮中的婴儿。

那么，我们如何能尽快培养出这种无法衡量却弥足珍贵的品质呢？认定别人不如自己。假定自己生来就比别人优越——或是富有，或是高贵，或是有挺拔的高鼻梁，或是藏有岁姆尼[1]为祖父画的一幅肖像——人类这种可悲的想象力是无穷无尽的。

因此，对这个不得不去征服、去统治的男权者来说，极其重要的一点就是：自觉生来就高人一等，觉得大部分人，确切地说就是另一半人类天

1
乔治·罗姆尼
George Romney（1734—1802），英国肖像画家，为诸多社政名流绘制肖像。

生就比他低劣。这必然是他的权威的主要来源之一。

不过,请让我将这种观察所得应验于现实生活,看看这种论点对于理解日常生活中的心理疑团是否有帮助,是否能解释 Z 先生带给我的惊愕?

那天,这位一贯温文尔雅的谦谦君子拿起丽贝卡·韦斯特[1]的某本书,读了其中一段就大呼小叫起来:"十足恶劣的女权主义者!她把男人说成了势利小人!"这句怒吼让我大吃一惊,因为,韦斯特小姐关于男性所说的话固然不中听,但也可能完全属实,何以就成了十足恶劣的女权主义者?这句怒吼不仅是因为虚荣心受到了伤害而发出的哀嚎,也是他的自信力受到侵犯时所发出的抗议。

千百年来,女人都要担当魔镜的职责:拥有令人满足的魔法,可

1
丽贝卡·韦斯特
Rebecca West(1892—1983),英国小说家、评论家、散文作家,以倡导女权主义著称。代表作:《黑羊与灰鹰》(*Black Lamb and Grey Falcon*)、《火药列车》(*A Train of Powder*)。

以将镜中的男人放大两倍。如果没有这种魔法，这个世界恐怕至今仍是洪荒泥沼、密林草莽，根本无人能得知所有争战带来的荣耀。我们大概还在羊骨残骸上刻画鹿的形状，还在用火石换羊皮，或是任何能满足我们原始品味的朴素饰品。超人也好，命运的魔爪也好，都不可能存在于世。沙皇和恺撒也不可能先戴上王冠，再丢掉王冠。纵观各大文明社会，不管怎样使用这魔镜，对一切暴力和英雄壮举而言，魔镜都必不可少。所以，拿破仑和墨索里尼都特别强调女性低劣卑下，否则，他们就没办法膨胀为伟人。

在一定程度上，这也能解释男人为什么常常需要女人，也能解释他们受到女人批评时是何其不安。说这本书写得多差，或那幅画是多么缺乏力度，诸如此类的评头论足若出自女人之口，而非男人之口，怎么可能不带来更多痛苦，激起更强烈的愤恨？因为，如果她开始讲实话，魔镜映照出的形象就会开始缩小，他契合生活的程度就必然降低。

假设他不能在早餐和晚餐时段，
一天起码两次看到自己加倍膨胀的身影，
那他还怎能继续
　　宣布判决、
　　教化民智、
　　制定法律、
　　著书立说、
　　又怎能盛装打扮，
　　在宴会上高谈阔论？

我如此思忖着,边把面包捏碎,边搅动咖啡,间或看看街上往来的行人。镜中的映像超级重要,就因为它令男人活力充沛、神经活跃。拿走魔镜的话,男人恐怕只有死路一条,就像被夺走可卡因的瘾君子。

望着窗外的人流,我不禁想到,竟有半数行人是被这种幻象驱使着,大步流星去工作的啊。每天清晨,他们就在魔镜散发出的宜人光辉里穿好衣,戴好帽。他们信心十足、精神抖擞地开始每一天,坚信自己在史密斯小姐的茶会上是大受欢迎的嘉宾;踱步进屋时还不忘对自己说,我比这儿的半数人更高贵,因此说起话来洋洋自得,言之凿凿,给公共生活带去深远的影响,也在个人意念的边缘处留下了令人费解的注脚。

男性心理是个危险又有趣的话题,我希望,等你们每年都有属于自己的五百英镑收入后,再去深究这个话题;但因为要付账单,我对这个问题的思索被打断了。

总共五先令九便士。我给了侍者一张十先令的钞票,他去找零钱。

我的钱包里还有一张十先令的钞票,我注意到这一点是因为这个事实让我至今仍激动不已——我的钱包会自动生出十先令的钞票。我打开钱包,里面就会有钞票。社会为我提供了鸡肉和咖啡、床榻和寓所,以回报我付出去的那些钞票。

钱是一位姑姑留给我的,只因为我们同宗,而且我是用她的名字命名的。

我一定要告诉你们,我的姑姑玛丽·伯顿是在孟买骑马兜风时坠马而亡的。我得知获赠遗产的那天晚上,国会刚好通过了女性选举权法案。一封律师信落在了我的信箱里,打开后,我发现自己从此往后有了五百英镑的年金,那就是她留给我的遗产。两相比较——选举权和钱——属于我的那笔钱似乎重要得多。

在此之前,我靠给报社打零工来养活自己,报道这儿的驴戏、那儿的婚礼。我还靠帮人写信封、为老妇人读书诵报、扎些纸花、在幼儿园教小孩子识字赚个几英镑。1918 年前,向女性开放的主要职业无外乎就是这些。

我认为，我不需要详细描述这些工作有多辛苦，因为你们大概也认识做过这些工作的女人；也不用告诉你们赚钱糊口有多艰辛，因为你们想必也经历过。然而，比上述两种辛酸更痛苦，至今仍让我无法忘记的是那些日子所孕育的恐惧和酸楚。

首先，总是要做自己不想做的工作，还只能像奴隶那样去工作，去阿谀，去逢迎，虽说也许不必整日如此，但似乎确实有这种必要，因为冒险、任性的代价太高了；其次，会想到天赋的消亡，哪怕只是微不足道的小天赋，对拥有者来说也是弥足珍贵的，才华被埋没就无异于死亡，一旦有了这样的想法，我的自我，我的灵魂，一切的一切就仿佛锈病蚕食树心，从骨子里毁了盛放的春花绿叶。

当然，如我所说，姑姑去世了，每兑现一张十先令的钞票，那锈斑和腐迹便剥去了一层，不再恐惧与酸楚。

我把找回来的零钱滑进钱包,想起往日的艰苦,不禁想到:一笔固定收入竟能让人的脾性发生这么大的变化,这真是值得说道的事,千真万确。世间没有任何力量可以从我这儿抢走那五百英镑。衣食寓所,永远都是属于我的。消失的不仅仅是辛苦与操劳,还有愤恨与怨怒。我不需要憎恨任何男人,男人伤害不到我。我不需要取悦任何男人,男人什么都给不了我。

于是,不知不觉间,我发现自己对另一半人类持有一种新态度了。

笼统地指责任何一个阶层或是一种性别都是很荒谬的。群体历来不为其所作所为负责。驱动他们的,是他们无法自控的本能。那些男权家长、教授,也要应付无穷尽的难处、可怕的难关。从某些方面说,他们所受的教育有其缺陷,我所受的也一样。这造成了他们有种种缺点。

没错,他们有钱有权,但付出的代价是要让鹰鹫住进他们的胸膛,永无休止地撕啄他们的心肝肺腑——占有的本性、攫取的狂热,永远驱动他们觊觎别人的土地与货物,去拓宽疆土,抢占领地,建造战舰,研发毒气,甚至牺牲自己和子孙后代的生命。

行走在海军总部拱门(我已经走到纪念碑)之下,或任何一条陈列战利品和大炮的林荫道上,都会让人记起那些被纪念过的辉煌战绩。我看着股票经纪人和大律师在春天的阳光里走进楼宇，去赚钱，赚更多、更多的钱，但其实一年五百镑就足以让人在阳光下享受生活了。

我想，心里装着这样的本能冲动，应该是很不舒服的。它们是某种生活状况、文明的匮乏所孕育出的产物。我这样想着，同时望着剑桥公爵的雕像，确切地说，是在凝视插在他那顶三角帽上的几根羽毛，它们大概从未被人这样目不转睛地看过。

当我意识到这些缺憾后，心中的恐惧与酸楚也一点一点淡化为了怜悯和宽容；不出一两年，怜悯与宽容也会化为乌有；再然后就是全然释怀，超脱一切，见山是山，能就事物的本质去思考了。就说那栋楼吧，我喜欢吗？那幅画，好看吗？那本书，我觉得写得好吗？

说真的，是姑姑的遗产助我拨云见日，我看到的，不再是弥尔顿要找永世瞻仰的那位威风的大人物，而是一方广阔的天空。

左思右想间，我顺着河边走回家去。万家灯火渐渐点亮，和晨曦时分相比，伦敦的景色已发生了难以言喻的变化。

仿佛一台巨大的织机，在整日运行之后，在我们的协助下,织出了几码令人惊叹的美丽布匹——火红的缎面上闪现着无数红彤彤的眼睛,黄褐色的怪物咆哮着,喷吐炽热的气息。就连晚风也像一面猎猎作响的旗帜,拂过房屋,振动篱墙。

不过,我居住的那条小街是充满居家氛围的。粉刷匠正从梯子上下来;保姆小心地推着婴儿车进进出出,回来准备茶点了;运煤的工人把空麻袋一个叠一个码放整齐;戴着红手套的菜店老板娘正在清点当日账目。但我依然全神贯注于你们交托给我的这个难题,以至于眼前的寻常光景也被我纳入了思考。

我想,和一个世纪前相比,如今更难说清楚这些工作究竟哪个高人一等,哪个更有必要。是做运煤工好,还是做保姆好?跟赚了上万英镑的高级律师相比,把八个孩子拉扯大的清洁女工对这个世界而言就更没有价值吗?

这样发问是没有意义的,因为没人能够回答。

清洁女工和律师的价值高低,在不同年代里各有起落,即使是现在,我们也没有尺度去衡量他们。要那位教授拿出"无可辩驳的证据",以证实他对女性的论断,反倒像是我在犯傻。就算现在有人可以说出某一种天赋才华的价值,价值本身也会变化,很可能在一个世纪之后就彻底变样了。

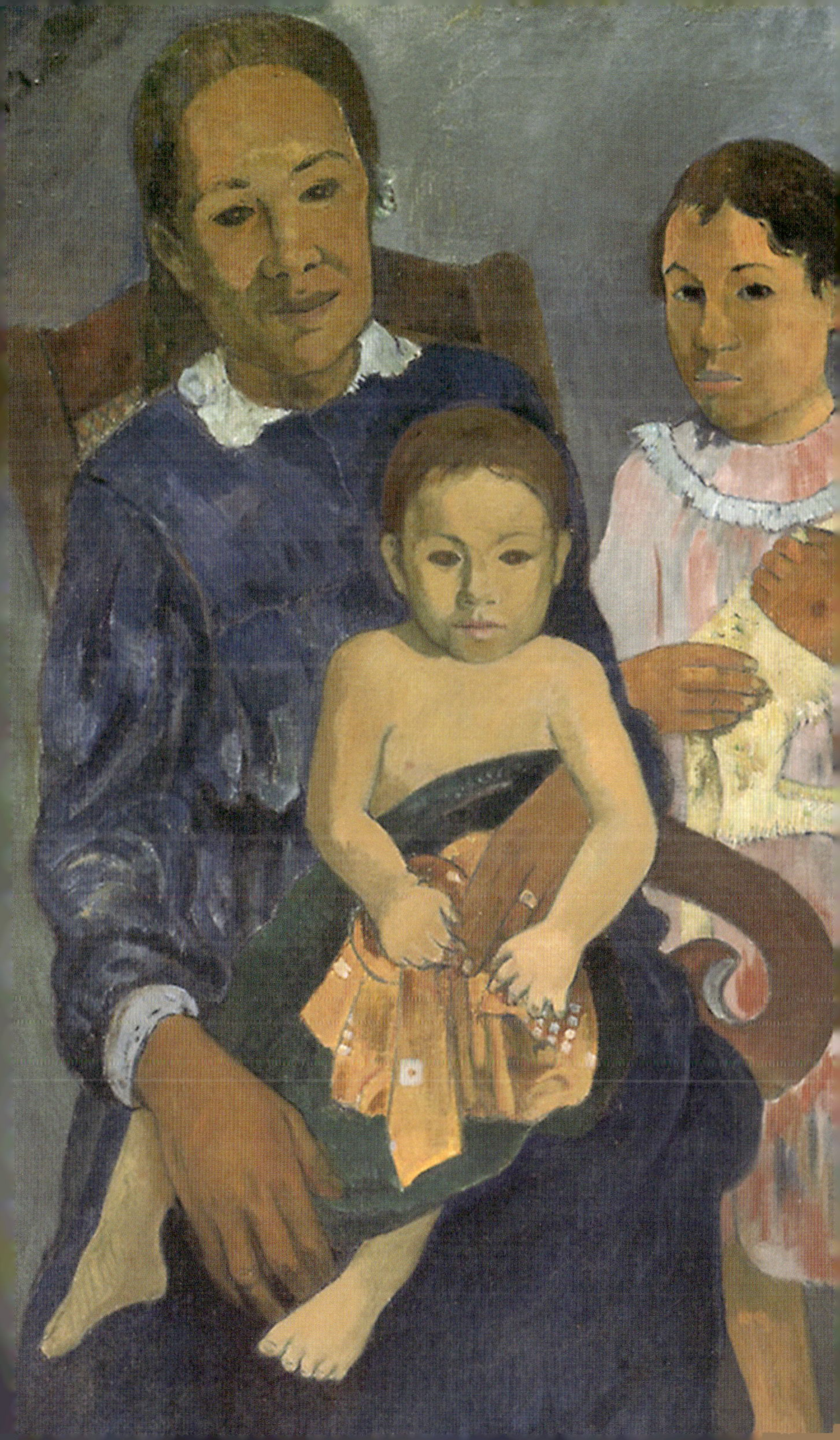

走到自家门阶时，我心想，更何况，再过一百年，女性就将不再是被保护的性别了。她们理应可以参与本来将她们拒之门外的一切活动和劳动。保姆会去送煤。老板娘会去开车。当女性不再被认为是被保护的性别群体，在此前提下所体察到的事实——诸如（这时，一队士兵从这条街上列队走过），女性、教士和园丁要比其他人长寿——所建立的一切假设都将不攻而破。不再保护她们之后，让她们和男性一样面对同样的劳动与活动，让她们当兵、当水手，让她们去开车，做码头工，难道女人们不会死得更早，比男人们死得更快吗？那时候，他们会说"今天我看到了一个女人"，俨如以前人们说"我看到了一架飞机"那样稀罕。

一旦女性不再是被保护的一方，任何事都有可能发生啊，我这么想着，打开了房门。可这些与我的主题——

女性与小说——有何相关呢？进屋的时候，我这样问自己。

3

晚上回家时两手空空,什么有分量的说法、可靠的事实都没带回来,实在让人失望。

女人比男人贫穷,是因为——这样那样的原因。

也许,现在最好先放弃探寻真理,不要任由岩浆般滚烫,或洗碗水般浑浊的观点如雪崩般坍塌在头脑中。最好把窗帘拉紧,将分心的物事拒之窗外,点亮灯盏,缩小探寻的范围,请教记载史实而非阐述见解的历史学家,看他们如何描述女性的生存境况,也不用论古至今,只着眼于英

1
乔治·特里维廉
George Macaulay Trevelyan
(1876—1962),英国史学家,著名学者,代表作:《英国史》(*A History of England*)。

国女性，且限于伊丽莎白时代。

这是因为我长久以来始终有一种困惑：为什么那时的男人好像两三人之中必有一个会写歌谣或十四行诗，却没有一位女性在那非凡的文学时代里留下只字片语？我问自己：那时的女性生活在什么样的境况中？

因为小说虽是一种想象力的杰作，可能不太像科学那样俨如石子从天而降，但小说如同蛛网，哪怕只是轻微勾连，却始终用边边角角勾连于生活。

这种关联通常是很难被察觉到的，譬如说，莎士比亚的剧作看似凭空而就，自成一体，但只要拉歪蛛网，钩住边角，扯破中央的网线，我们就会想起来，这些蛛网并非是看不见的精灵铺就于半空的，而是出于受苦受难的人类之手，并且和相当具象的物质息息相关：诸如健康、财富和我们栖身的房屋。

于是，我走到摆放历史书籍的书架前，取下了最新出版的那一本：特里维廉教授[1]所著的《英国史》。我又在索引中搜寻"女性"二字，继而找到了"地位"这两个字，便翻到相应的页码。

我读道："殴打老婆是被公认的男人的权利，不管地位高下，男人都能面无愧色地下手……同样，"这位历史学家继续写道,"女儿若拒不嫁给父母选择的女婿,就可能被关进屋里,饱受拳脚,公众对此保持漠然。婚姻无关个人情感,而是家族敛财之道,尤其在崇尚'骑士精神'的上流社会中……往往一方或双方尚在摇篮中,婚约便已定下,刚能离开保姆就要完婚。"那是 1470 年前后,乔叟的时代结束不久。

再次提到女性的地位已是二百年后的斯图亚特王朝时期。"即使在中上流社会,女人为自己选择夫婿也属罕事,但只要许配给了某位先生,至少法律和习俗便默认丈夫是一家之主。但即便如此,"特里维廉教授总结道,"不管是莎士比亚剧中的女性,还是一些可靠的十七世纪回忆录——譬如弗尼夫妇和哈钦森夫妇回忆录——中的女性似乎都不乏个性和品格。"

我们不妨斟酌一下:克莉奥佩

特拉[1]显然有其特立独行之处；也能料想麦克白夫人[2]有自己的意志；或许还能断定罗莎琳是位动人的姑娘。说莎士比亚戏剧作品中的女性不乏个性和品格，特里维廉教授显然道出了实情。

就算我们不是历史学家，也可以再钩沉一下，得到一个结论：自古以来，女性在所有诗人的所有作品中都如灯塔般光芒四射——剧作家的笔下，就有克吕泰涅斯特拉[3]、安提戈涅[4]、克莉奥佩特拉、麦克白夫人、菲德拉[5]、克瑞西达[6]、罗莎琳[7]、苔丝狄蒙娜[8]、马尔菲公爵夫人[9]；还有文学作家笔下的米拉芒特[10]、克拉丽莎[11]、蓓佳·夏泼[12]、安娜·卡列尼娜[13]、爱玛·包法利[14]、盖芒特大人[15]——这些名字涌现脑海，全都不会让人想起女性"缺乏个性和品格"之说。

1

莎士比亚的历史剧《安东尼和克莉奥佩特拉》(*Antony and Cleopatra*) 的女主人公。

2

莎士比亚的悲剧《麦克白》(*Macbeth*) 的女主人公。

3

古希腊悲剧，埃斯库罗斯所著《阿伽门农》(*Agamemnon*) 的女主人公。

5

拉辛的悲剧《菲德拉》(*Phaedra*) 的女主人公。

6

莎士比亚的悲剧《特洛伊罗斯与克瑞西达》(*Troilus and Cressida*) 的女主人公。

4

古希腊悲剧，索福克勒斯所著《安提戈涅》(*Antigone*) 的女主人公。

8

莎士比亚的悲剧《奥赛罗》(*Othello*) 的女主人公。

9

英国剧作家约翰·韦伯斯特的悲剧《马尔菲公爵夫人》(*The Duchess of Malfi*) 的女主人公。

7

莎士比亚的喜剧《皆大欢喜》(*As You Like It*) 的女主人公。

11

英国小说家塞缪尔·理查逊的小说《克拉丽莎》(*Clarissa*) 的女主人公。

12

英国小说家萨克雷的小说《名利场》(*Vanity Fair*) 的女主人公。

10

英国喜剧作家威廉·康格里夫的《如是世道》(*The Way of the World*) 的女主人公。

13

俄国小说家托尔斯泰的小说《安娜·卡列尼娜》(*Анна Каренина*) 的女主人公。

14

法国小说家福楼拜的小说《包法利夫人》(*Madame Bovary*) 的女主人公。

15

法国小说家普鲁斯特的小说《追忆似水年华》(*A la recherche du temps perdu*) 的女主人公。

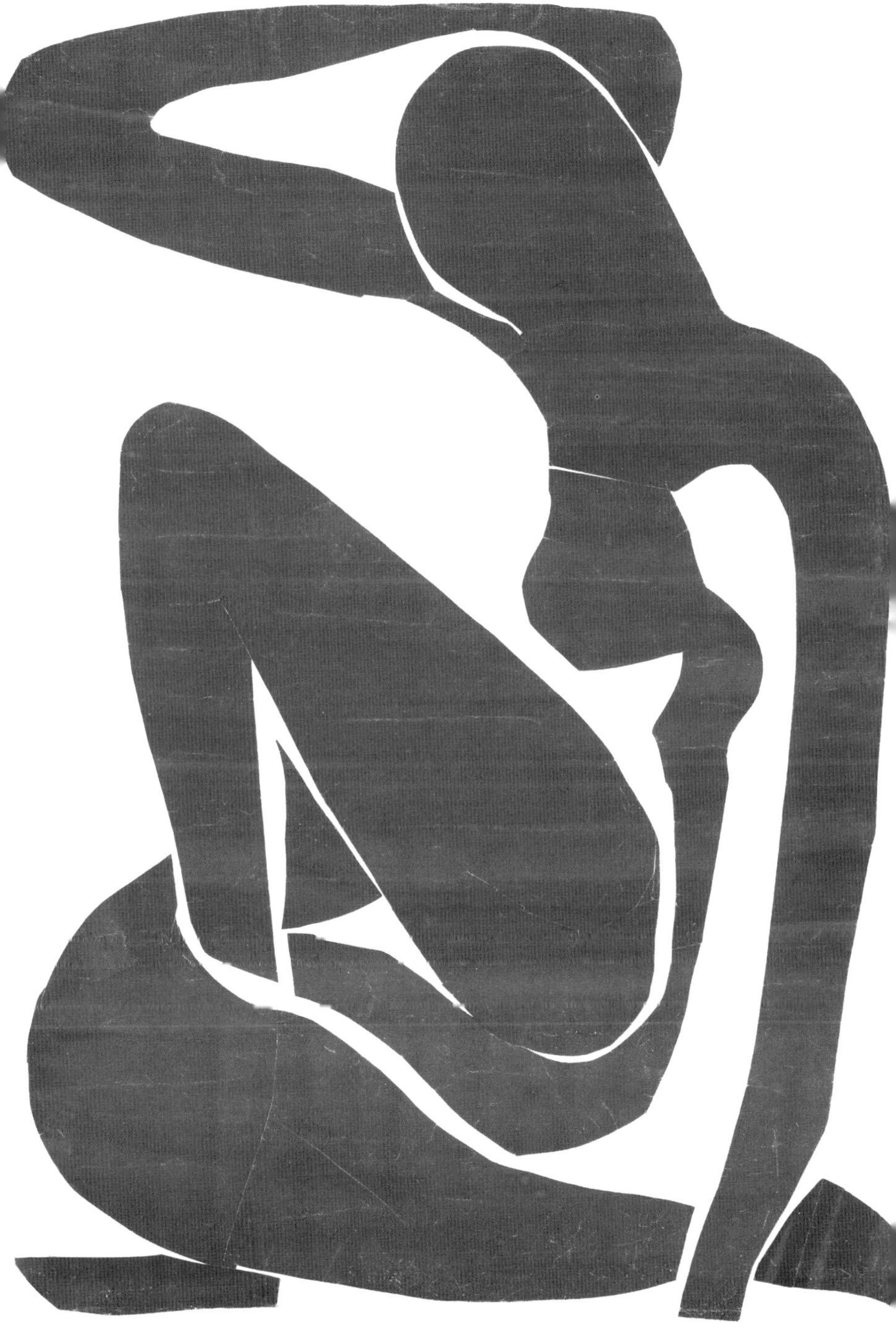

的确，如果女性只存在于男人所著的小说中，必然会被认为是举足轻重的人物：千姿百态，有的高尚，有的卑鄙，有的华丽，有的丑恶，有天姿国色，也有丑陋至极的，有的和男人一样优秀，也有的让人觉得比男人更优异[1]。

但这都是小说中的女性形象。现实却如特里维廉教授指出的那样：女性被关进屋里，饱受拳脚，被推搡得东倒西歪。

于是，出现了一种杂糅出来的、异常奇特的造物。在想象中，她无比尊贵；在现实中，她根本无足轻重。

她充斥于诗集的字里行间；却在历史中无迹可寻。她主宰小说中的帝王和征服者的人生，却像奴隶般听命于现实中的未成年男子，只要那男孩的父母能强使她套上婚戒。文学作品中，多少富于灵感的动人词句、最隽永深刻的思想都由她说出，而真实生活中，她认不得几个字，更别提读写，只能算是丈夫的私有财产。

"始终有这样一个古怪的不解之谜:雅典娜之城的女性备受压迫,几乎与东方妇女一样,要么做宫婢,要么做苦工;然而,在其戏剧舞台上却诞生了克吕泰涅斯特拉和卡桑德拉、阿托莎和安提戈涅、菲德拉、美狄亚以及那位'厌女者'欧里庇得斯笔下统领一出又一出剧目的女性主人公们,这究竟是为什么?

现实生活中,尊贵的女士是不可以独自外出抛头露面的,但在舞台上,女人可以和男人平起平坐,甚或更胜一筹,这种矛盾至今也不曾得到圆满的解释。这种舞台上的女性优势在现代悲剧中依然存在。

无论如何,粗略翻阅一遍莎士比亚的作品(韦伯的作品与其相似,马洛或约翰逊的剧作则不同)便足以看出:从罗莎琳到麦克白夫人的那些女性都拥有这种优势和主动权。拉辛的剧作也是如此。他的六部悲剧都以女主人公命名。而且,在他的笔下,有哪位男性角色可以跟埃尔米奥娜和安德洛玛刻、蓓蕾尼丝和罗克珊、费德尔和阿达莉相媲美?易卜生也不例外,哪位男性角色又可以与索尔维格和娜拉、海达和希尔达·旺格尔还有丽贝卡·韦斯特相提并论?"——F.L. 卢卡斯,《论悲剧》(*Tragedy, pp*),第114—115页。——原著注。

如果先读历史，再读诗章，
那我们会看到一个何其奇特的怪物啊——
长着鹰翅的蠕虫，
象征生命与美的精灵在厨房里剁板油。

然而，这些在想象中貌似有趣的怪物其实根本不存在。若要让她变得活灵活现，我们就必须充满诗意、同时平淡无奇地去想象，才不至于脱离事实——譬如说，她就是马丁太太，36岁，身穿蓝衣，戴着黑帽，穿棕色鞋；但也不能没有虚构能力——她包容了各种各样、流转不息、闪光不止的精神和力量。可是，当我把这种手法套用在伊丽莎白时代的女性身上时，光芒就减弱，如坠迷雾，因为缺乏事实佐证而一筹莫展。无法了解她的详情，没有任何细节，没有确切或详实的信息。历史书里根本没提到她。

于是，我回过头来翻着特里维廉教授的著作，看看历史对他来说意味着什么。浏览诸章标题后，我发现，历史对他而言就是——

"采邑与敞田耕种法……西多会教团与牧羊业……十字军东征……大学……下议院……百年战争……

玫瑰战争……文艺复兴时期的学者……修道院式微……农业及宗教冲突……英国海上霸权的由来……西班牙无敌舰队……"间或会提到某位女性，某位伊丽莎白，或某位玛丽，某位女王或是某位贵妇。

可是，任何除了头脑和个性外便一无所有的中产阶级女性，都没办法投身于任何大事件，而正是这些前仆后继的事件构成了历史学家的历史观。我们也无法在轶事野史中找到她的踪影。奥布里[1]几乎不会提到她。她也不曾记录自己的生平故事，几乎从来不写日记，只留下了几封书信。她没有留下任何剧作或诗歌，能让我们对她加以评定。

我想，人们需要大量的资料——为什么就没有哪个纽纳姆学院或格顿学院的才华横溢的学生能提供这些素材呢？——她几岁结婚的？通常会有几个子女？她的住宅是什么

1
约翰·奥布里
John Aubrey（1626—1697），英国文物专家、博物学家、作家，出版过一本杰出人物传记集。代表作：《不列颠历史遗迹》（Monumenta Britannica）、《名人小传》（Brief Lives）。

样的？她有自己的房间吗？她亲自下厨吗？她有仆佣吗？

所有这些细节必定藏在某处，也许是教区的记事本或账簿中。伊丽莎白时代普通女性生活的资料必定散见各处，但愿能有人去搜集，编纂成书。

我的目光在书架上逡巡，想找到那些并不存在的书，心中默想：虽然我自己真的认为目前的历史书都有点古怪，失真，偏颇，却只怕我没胆量、也没野心去建议知名学府的学生们重写历史；但他们为什么不能为历史增缺补遗呢？

当然，增补的这部分无需招摇的标题，以便让女性恰如其分地登场。

因为我们时常在大人物的生活中瞥见她们的存在，匆匆隐没于背景，有时我会想，她们把自己的一个眼神、一阵笑声，或是一滴泪隐藏起来了。毕竟，我们看够了简·奥斯汀的生平故事，似乎也没必要再去思量乔安娜·贝利[1]的悲剧对埃德加·爱伦·坡[2]诗歌的影响。就我而言，我真的不在乎玛丽·拉塞尔·米特福德的故居和游园向公众关闭一百年或更长时间。

然而，再次仰望书架时，令我深觉可悲的是：我们对十八世纪前的女性竟然一无所知。我在脑海中搜寻不出一个典范可供我左思右想。

现在，我口口声声追问为什么伊丽莎白时代的女性不写诗，却连她们受过怎样的教育都无法确证：她们是否学过写字？有没有自己的起居室？有多少女性在 21 岁前就已生儿育女？简而言之，她们从早八点到晚八点，这整整一天里，究竟做了些什么？很明显，她们没有钱，按照特里维廉教授的说法，不管是否心甘情愿，她们未等成年就得嫁人，甚至很可能不满十五六岁。

1
乔安娜·贝利
Joanna Baillie（1762—1851），苏格兰剧作家、女诗人。代表作：《激情剧作》(*Plays on the Passions*)、《逃亡诗篇》(*Fugitive Verses*)。

2
埃德加·爱伦·坡
Edgar Allan Poe（1809—1849），美国诗人、小说家、文学评论家。代表作小说《黑猫》(*The Black Cat*)、《厄舍府的倒塌》(*The Fall of the House of Usher*)，诗《乌鸦》(*The Raven*)、《安娜贝尔·丽》(*Annabel Lee*)。

哪怕这些事都弄清楚了，我也敢说，要是她们中有人冷不丁突然写出了莎士比亚的剧作，那才是咄咄怪事吧。

我还想到了一位已离世的老先生，我记得他曾是主教。他宣称：不管是过去、现在还是将来，都不会有任何一个女人能有莎士比亚那样的才华。关于这点，他曾在报纸上撰文论述过。他还跟一位来向他请教的夫人说，猫是上不了天堂的，虽然，他补充道，它们也有某种灵魂。

为了拯救一个凡人，这些老先生是多么殚精竭虑！他们每进一步，无知的边界便向后退缩了多少啊！

猫进不了天堂。女人写不出莎士比亚的剧作。

话虽如此，我看着书架上的莎士比亚著作时，却不能不承认，那位主教至少在这一点上说对了——在莎士比亚的时代，没有任何一位女性能写出莎士比亚那样的剧作，完完全全没有可能。

既然史实难寻，不妨让我想象一下，假如莎士比亚有个天资聪颖的妹妹，假设就叫朱迪丝吧，那么事情会如何发展呢？

考虑到莎士比亚的母亲继承了一笔遗产，莎士比亚本人很可能进了文法学校，很可能学了拉丁文——奥维德、维吉尔还有贺拉斯——还有基础文法和逻辑学。

众所周知，他是个顽劣的孩子，偷猎别人地界里的野兔，可能还猎杀了一头鹿，还不到结婚的年纪就仓促地娶了邻家女子，婚后不到十个月，她就为他生下了一个孩子。

风流荒唐之后，他只能背井离乡躲开纷扰，去伦敦自谋生路。他似乎对剧院情有独钟，先是在后台门口为人牵马，很快就加入剧团，成为一名颇有建树的演员，生活在堪称当时的世界中心的大都会里，交游甚广，无人不识，在舞台上实践他的艺术，在街头巷尾磨炼自己的才智，甚至能到女王的宫殿里表演。

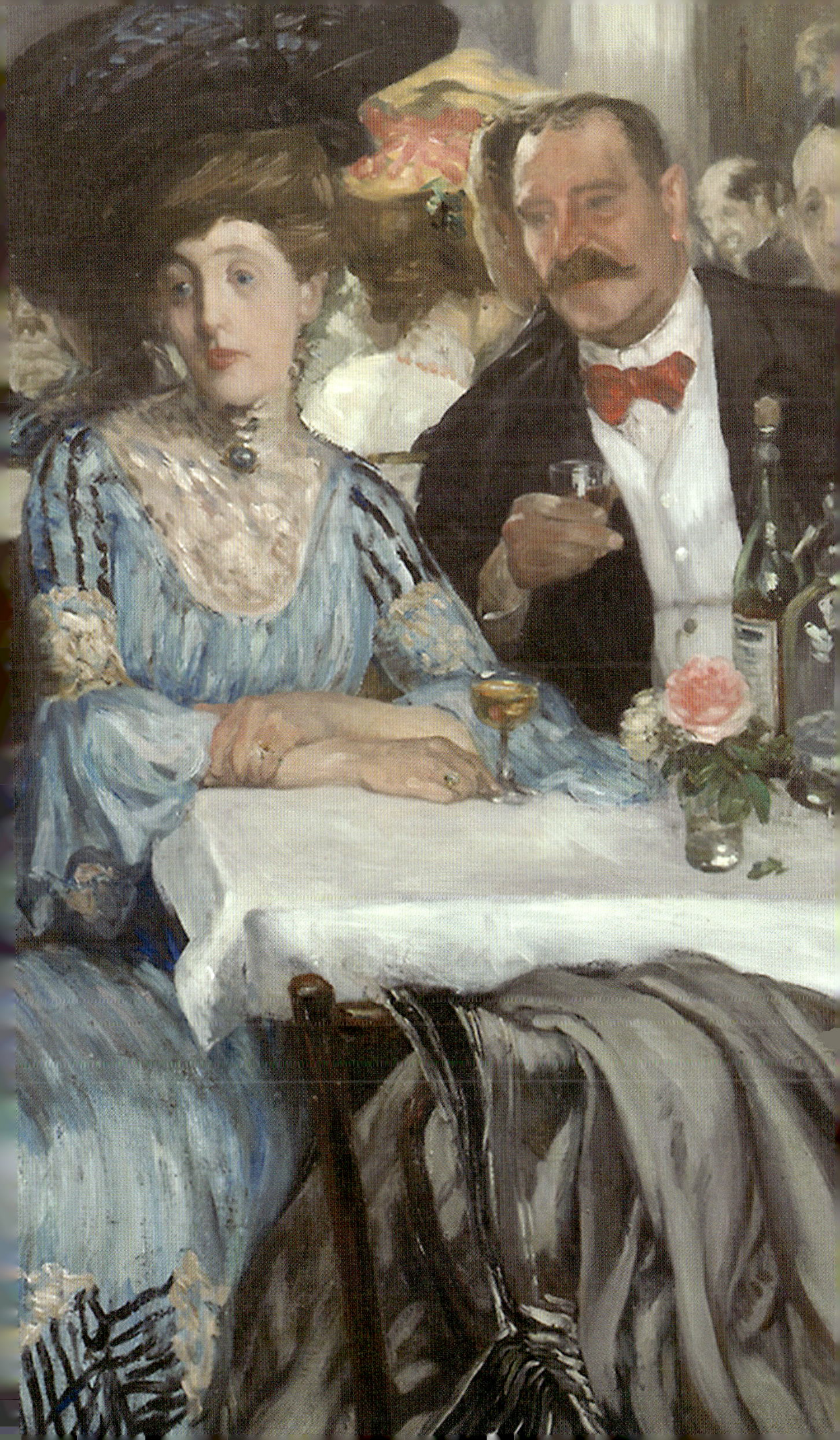

与此同时，我们不妨合理推断，他那位天资聪颖的妹妹留在了家里。她和莎士比亚一样，喜欢冒险，富于想象，渴望去外面见世面。

但是，父母没送她去读书。她没有机会学习文法或逻辑，更别提通读贺拉斯或维吉尔了。她偶尔会拿起一本书翻几页，书大概是她哥哥的。

可是，没看几页，父母就会进屋来，吩咐她去补袜子，或是去看着炉子上的饭菜，总之不许她在书本纸笔上浪费时间。他们的语气会很严厉，但态度是和蔼的，因为他们毕竟是殷实人家，很清楚女人的生活状况是怎样的，也很疼爱自己的女儿——事实上，她很可能是父亲的掌上明珠。

说不定，她曾在储存苹果的阁楼上偷偷写过几页纸，但要小心藏好，或是烧掉。可惜，要不了多久，只不过十多岁的她就会被许给邻家羊毛商的儿子。她又哭又闹，说自己讨厌这门亲事，为此被父亲痛打一顿。

后来，父亲不再责骂她，而是苦苦哀求女儿不要让他丢脸，不要因婚事让他难堪。他说会给女儿一条珠链，或是一条上好的衬裙；说着说着，声泪俱下。这让做女儿的怎么能不顺从呢？她怎么会让父亲伤心呢？

唯有与生俱来的才华让她硬下了心肠。

她把自己的物品收拾成一个小包袱，在夏夜里，顺着绳子爬下了窗，直奔伦敦。她还不到十七岁。

树篱间鸟儿的鸣唱都不如她的歌声欢快。她和哥哥一样，对于文词音韵有最敏捷的想象力。她也和哥哥一样钟情于剧院。

她站在后台门旁，说她想演戏。男人们当面嘲笑她。剧院经理是个口无遮拦的胖男人，更是一阵狂笑，嚷嚷着什么小狗跳舞、女人演戏之类的蠢话——他说的是：没有哪个女人可

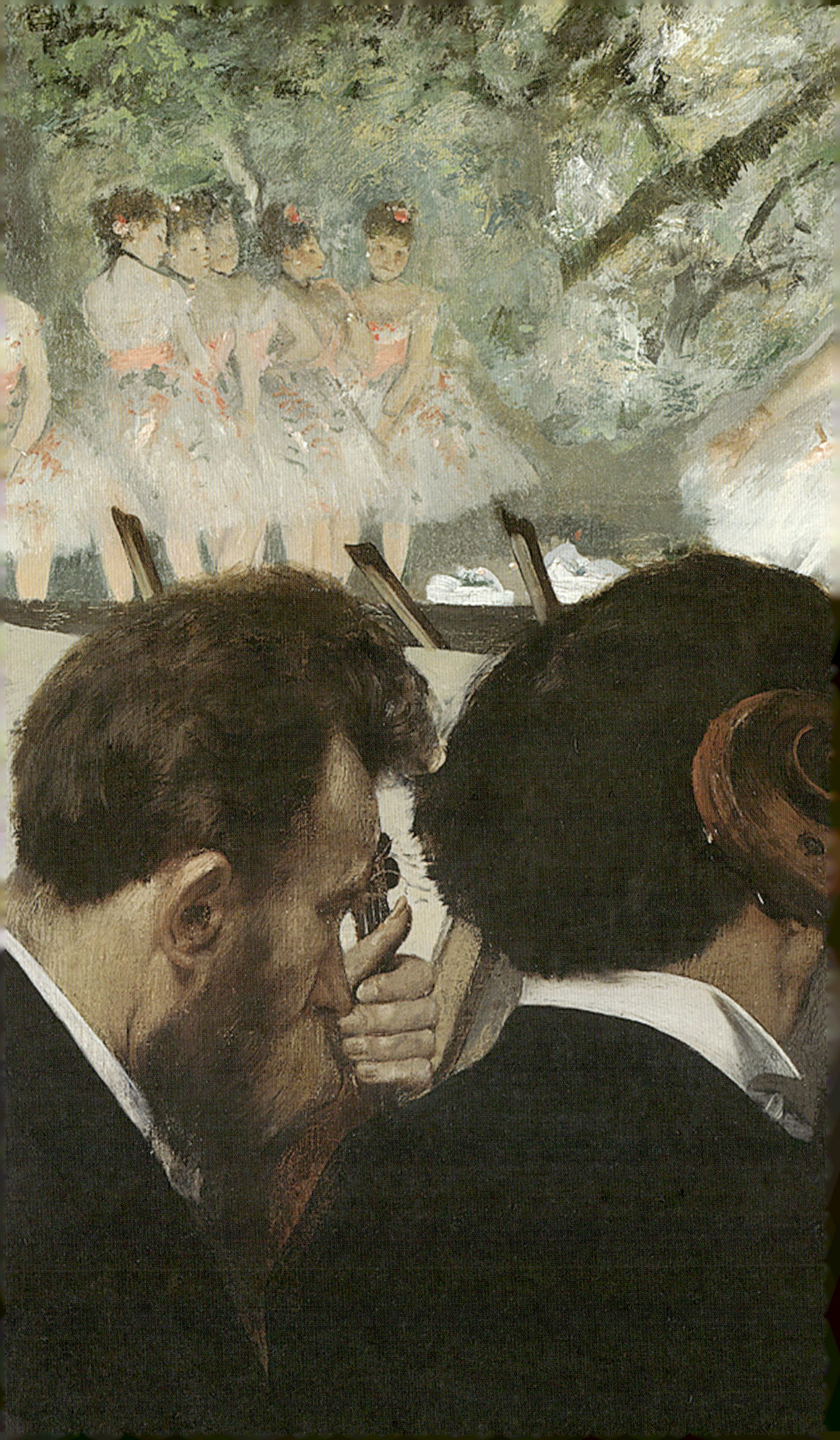

以演戏。他还暗示——你们一定猜得到他暗示了什么。

　　她找不到地方训练才艺。难道她还能去小饭馆就餐，或是在深夜的街头徘徊？不过，她真正的才华是在写小说这件事上，渴望从男人女人的生活，以及对他们性情的研究中汲取充足的素材。

　　最后——其实她还很年轻，长得和诗人莎士比亚非常相像，都有灰眼睛、弯眉毛——演员经理尼克·格林对她心生怜悯，却也让她出乎意料地怀上了这位绅士的骨肉，所以——当诗人的心禁锢于、纠缠于女人之躯，谁又能揣度出那是何等的炽热和狂暴？——在一个冬天的夜晚，她自杀了，死后被葬于某个十字路口，也就是如今大象城堡酒店门外停靠公共汽车的那个地点。

ORCHESTRA MUSICIANS (1872) / EDGAR DEGAS

我认为，如果有哪位女性在莎士比亚时代拥有与其比肩的才华，她的人生走向必然大致如此。

但我想，我终究会同意那位已故的主教，假如他确实做过主教的话——也就是说，根本无从想象莎士比亚时代的任何女性能拥有莎士比亚那样的才华。因为这样的才华不可能源自日夜操劳、目不识丁、卑躬屈膝的人群中，不可能诞生于英国的撒克逊人和不列颠人当中，也不可能出现在如今的工人阶级中。

那么，按照特里维廉教授的观点，在那些尚且年幼便被父母逼去干活、在法律和习俗的束缚下又不得脱身的女性中，又怎会跳脱出这样的天才呢？

然而，女性群体中必有某方面的天才，工人阶级中也必然如此。时不时地，就会出现一位艾米莉·勃朗特或罗伯特·彭斯[1]大放异彩，证明

1
罗伯特·彭斯
Robert Burns（1759—1796），苏格兰浪漫主义运动先驱，著名的农民诗人，一生贫困。

天才的存在。

但史书显然不会记载这种天才的存在。

不过,每当读到某个女巫被溺毙,某个女人被魔鬼附身,某个聪明的女人叫卖草药,甚至某位杰出男士有位贤母,我都会意识到:沿着这些线索寻觅下去,我们就能追踪到某位被埋没的小说家,某位怀才不遇的诗人,某位默默无闻、不为人知的简·奥斯汀,某位因才华被压抑而被折磨得在荒野上跌跌撞撞、头破血流,或在路边迷离游荡、蓬头垢面、紧锁眉头的艾米莉·勃朗特。

其实,我甚至敢说那位写下如许多诗作,却从不曾署名的"无名氏",多半是女人。如果我没记错的话,爱德华·菲茨杰拉德[2]曾暗示说,是女人创造了民谣和民歌,因为她要边纺线,边低声哼唱哄孩子,也要以此度过漫漫冬夜。

2
爱德华·菲茨杰拉德
Edward FitzGerald(1809—1883),英国诗人、作家。代表作:从波斯文译的《鲁拜集》(*Rubaiyat of Omar Khayyam*)。

这究竟是真是假，谁能断定呢？但若反思我杜撰的莎士比亚妹妹的故事，我觉得，那终究蕴含了部分真相：任何一位天赋过人的十六世纪才女都注定会发疯，会饮弹自尽，或在某个远离村庄的荒舍离群索居，孤独终老，半是女巫，半是术士，被人取笑，也让人畏惧。

这位天赋过人的才女一旦将其才华用于诗歌，除了旁人的百般阻挠，她与之对抗的本能也会折磨她、撕扯她，无需动用心理学的大道理就能断定，她的健康和精神必然大受其害，身心俱残。没有哪个女人走到伦敦、从剧院后台径直冲到演员经理面前而不会经受侮辱、遭受痛苦，也许这毫无道理可言——或许是因为贞洁观，但这很可能只是一些社会群体出于不可知的理由而臆造出来，并且疯狂崇拜的概念——但却无可避免。

TWO ON THE AISLE (1927) / EDWARD HOPPER

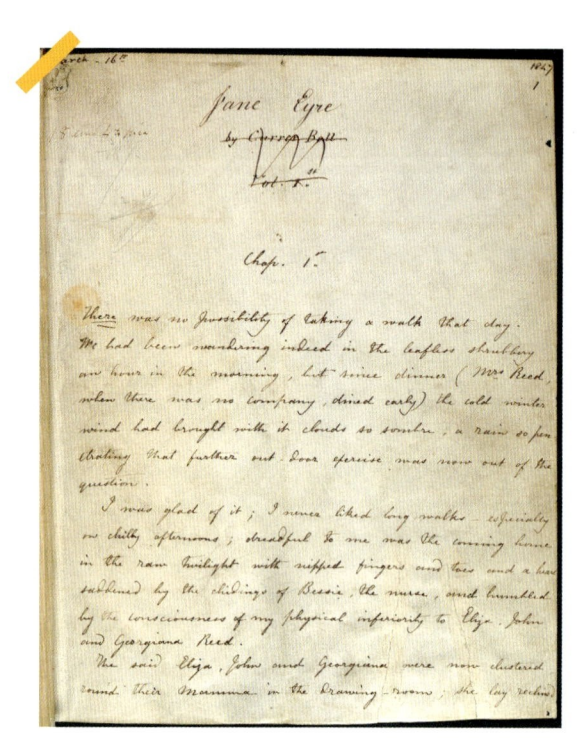

◎ 《简·爱》手稿,现馆藏于大英图书馆。手稿上可见 by Currer Bell 字样。

1
柯勒·贝尔是夏洛蒂·勃朗特的笔名。她和妹妹艾米莉和安妮于 1846 年出版诗集《科勒·贝尔、埃利斯·贝尔、阿克顿·贝尔诗集》(*Poems by Currer, Ellis, and Acton Bell*),1847 年再以此为笔名将《简·爱》投稿出版社。

所谓贞洁，在当时，乃至现在，在女人的一生中都具有重要的宗教意义，裹挟在每一根神经、每一种本能的纠缠之中，若要剥去束缚，将之暴露在光天化日之下，需要不同寻常的莫大勇气。

对女诗人、女剧作家而言，在十六世纪的伦敦无拘无束的生活就意味着精神上的压力、生活上的困窘，可能足以将她逼上绝路。就算她可以侥幸地存活下来，过度紧张、趋向病态的想象力也会导致她写下的文字扭曲、畸变。

我看着书架，上面没有一部女性创作的戏剧作品，我心想，毫无疑问，她是不会在作品上署名的。她必然会寻求隐身保命的办法。这是贞洁观对女性的要求，哪怕到了十九世纪晚期依然遗风犹劲。从柯勒·贝尔[1]、乔治·艾略特、乔治·桑[2]等女作家的作品中能清清楚楚地看到，她们无

2
乔治·桑
George Sand（1804—1876），原名Armandine Lucie Aurore Dupin，法国著名小说家，在巴尔扎克时代独树一帜。一生写了244部作品、100卷以上的文艺作品、20卷的回忆录《我的一生》（*Histoire de ma Vie*）以及大量书简和政论文章。代表作：《安蒂亚娜》（*Indiana*）、《魔沼》（*La mare au diable*）等。

一例外都是内心斗争的牺牲品,她们用男人的名字做笔名,却只是徒劳地掩匿自己的真面目。

这样做,只是向约定俗成的惯例低下了头;就算惯例不尽然是由男人们树立的,却无疑是他们大力鼓吹的(伯里克利[1]曾说过,女人最大的荣耀不在于被人津津乐道,虽然他自己常为人所议论)。

基于这种传统观念,女性抛头露面才被认定是为人所不齿的。她们骨子里就有隐姓埋名的倾向;深藏不露的渴望依然掌控着她们。

即便到了当代,她们也不像男人那样在意自己的声誉是否名副其实,经过墓碑或路牌时,通常也没有想把自己的名字铭刻其上的强烈渴望;完全不像阿尔夫、伯特或查斯之流,必定会听从本能,他们看到了漂亮女人,或哪怕看到一条狗,都会喃喃自语:这狗是我的[2]。

1
伯里克利
Periclēs(约前495—前429),古希腊雅典政治家,雅典黄金时期具有重要影响的领导人,在希波战争后的废墟中重建雅典,扶植文化艺术。

2
原文为法语。

当然，未必是狗，我想到了议会广场、胜利大道和其他林荫大道，所以，也可以是一块土地，或一个黑色卷发的男人。

身为女人的一大好处就是，就算看到一个极其漂亮的黑人女子，也可以径直走过，不去奢望把她改造成英式女子。

所以，那个拥有诗情天赋的十六世纪女子必定是不幸的，必定是个自己和自己较劲儿的女人。不管她的胸中有何诗文机杼，都得有合适的心境才能得以抒发，可是，她的人生况景、天性本能却尽与之作对。

但我要问：什么样的心境最有益于创作呢？对于催生写作这种奇怪的活动，并使之可能完成的心境，有人能以一言蔽之吗？

此刻，我翻开一卷莎士比亚的悲剧。譬如说，在他写下《李尔王》

和《安东尼与克莉奥佩特拉》时，会有怎样的心境呢？

那绝对是自古以来最适宜写诗的心境了。但莎士比亚本尊对此只字未提。我们只能在不经意间、偶然得知他"从未涂改过一行字"。

或许，十八世纪以前，确实没有哪位艺术家谈过自己的创作心境。首开先河的人大概是卢梭。不管怎样，自我意识到了十九世纪已发展到了一定程度，文人们大都喜欢在忏悔录或自传中描述他们内心的所思所想。也有人为他们著书立传，他们的书信在死后也有人出版。

由是，尽管我们不知道莎士比亚在创作《李尔王》时的心境如何，却能知道卡莱尔[1]在写下《法国大革命》时所经历的境况，也知道福楼拜在书写《包法利夫人》时所经历的一切，还有济慈试图以诗歌来抵制死之将至和冷漠世间时的感受。

1
托马斯·卡莱尔
Thomas Carlyle（1795—1881），英国历史学家、散文作家、评论家。代表作：《法国大革命》（*The French Revolution*）、《论英雄、英雄崇拜和历史上的英雄业绩》（*On Heroes and Hero Worship, and the Heroic in History*）等。

从卷帙浩繁的忏悔录和自我分析式的现代文学中,我们会很自然地得出一个结论:写出任何一部天才之作都堪称历经磨难的壮举。事事都在妨碍作家将头脑中孕育的作品完整无缺地写下来。

总的来说,这件事会受到物质条件的各种阻挠。狗会吵闹,人来干扰,钱必须去赚,身体也会衰弱。

何况,还有显而易见的世人的冷漠,让这件事越加艰难,越加难以忍受。这个世界并不要求人们去写诗、写小说,甚至写历史,世界根本不需要这些。这个世界毫不在意福楼拜是否找到了恰当的字词,卡莱尔是否谨慎查证了此一事或彼一事。

显然,这个世界也不会对它不需要的东西给予报酬。所以,诸如济慈、福楼拜、卡莱尔的那些作家无一不受苦,尤其是在创作力最旺盛的年轻时代,他们要经受各式各样的干扰与挫败。那些忏悔录和自述文本中传递出的是一种诅咒，一些怆痛的呼号。"伟大的诗人死于悲惨"——他们的咏叹往往承载着这样的主题[1]。

但凡能熬过这一切而幸存下来的，都算奇迹；很有可能，没有任何一本书能圆满实现作者最初的构思，完整又完美地面世。

看着书架上的空当，我心想，这些千辛万苦对女性来说岂不是更让人生畏？

首先，哪怕是在十九世纪初，女人也根本不可能拥有一间属于自己的房间，更别说是安静，甚而隔音的屋子了，除非她的父母极其富有，甚而是贵族。

如果仅能置办衣装的零花钱都得仰仗父亲的慈悲，她就根本没有余裕去找些慰藉，像济慈、丁尼生或卡莱尔那些穷诗人，起码还能去徒步旅

1

语出华兹华斯的诗《革命与独立》(Revolution and Independent)。

威廉·华兹华斯，William Wordsworth（1770—1850），英国浪漫主义诗人。代表作：《抒情歌谣集》(Lyrical Ballads)、《咏水仙》(Daffodils)。

行、去法国散散心、找间独立的寓所栖身,哪怕条件再简陋,最起码能躲开家人的唠叨与专横。

这些物质上的困难固然可怕,但更糟糕的是那些看不见摸不着的、精神层面的痛苦。

世人的无动于衷曾让济慈、福楼拜和其他才子难以忍受,但若换作是她,世情的冷漠就将变为敌意。对他们,世人会说:想写就写呗,反正我是无所谓的。但对她,世人不会这样说,只会冷嘲热讽:写作?你写出来的东西有什么用?

我再次看向书架上的空处,想到纽纳姆学院和格顿学院的心理学家们或许可以帮上我们的忙了。因为,现在是时候测量一下挫折对艺术家的心智到底有多少影响了,就好像我曾见过乳制品公司使用普通牛奶和优质牛奶喂养老鼠,再根据老鼠的体形做出量化结论。他们把两只老鼠关进并列摆放的两只笼子,一只畏畏缩缩的,胆子小,个头也小;另一只毛色光亮,胆子大,体形肥硕。

那么,我们喂给女艺术家们的营养又是什么呢?问到这里,我不禁想起了晚餐桌上的梅干和蛋奶糕。

要想回答这个问题,只消打开晚报,读一下伯肯赫德爵士的高见……不过,我真心不想费神去抄录这位爵士对女性写作的见解。也暂且不援引英奇教长的话吧。哈莱街的专家们尽可叫嚣,激起整条哈莱街的回声共鸣,但丝毫不能令我有所动。

我要摘引的,却是奥斯卡·勃朗宁先生的话,因为勃朗宁先生在剑桥大学曾显赫一时,还给格顿学院和纽纳姆学院的学生们出过考题。奥斯卡·勃朗宁先生宣称"阅完任何一份试卷都会产生这种想法:不管他打的分数高低,就智力而言,最优秀的女人比最差的男人更低下"——他就是靠这种结论才受人敬重,被推举为一言九鼎的权威人士。说罢,勃朗宁先生转身回到自己的房间,发现一个小马倌躺在沙发上,"瘦得皮包骨头,双颊凹陷,脸色蜡黄,牙齿发黑,看起来四肢瘫软无力……'那是阿瑟',勃朗宁说道,'他是个难得的好孩子,品性相当高尚'"。

在我看来,这两幅画面是互补的。令人欣慰的是,在如今这个传记盛行的年代里,幸好有这样两幅画面能够互相补全，才让我们既听其言，又观其行，完整地去诠释大人物们的高见。

现在的人可能不能接受这种论断，但哪怕只是五十年前，这种话从大人物嘴里说出来肯定让人难以反驳。

我们不妨假设，有位父亲出于最善良的动机而不愿让女儿离家去当作家、画家或学者，他准会说："听听奥斯卡·勃朗宁先生是怎么说的。"何况，远不止奥斯卡·勃朗宁先生这么说，还有《星期六评论》，还有格雷格先生断然指出："妇女存在之本质，在于为男人所供养，并侍候男人。"……不胜枚举的大男子主义观点都在强调：对女性的才智，不要有任何期待。

就算那位姑娘的父亲没有大肆说教，她自己也可以读到这些观点；就算是在十九世纪读到，这类文辞也会让人心灰意冷，对她的作品产生深刻的影响。总有人会斩钉截铁地对你说——你不能做这件事，你也做不成那件事——而那恰恰是我们该去抗争、去克服的。

也许对小说家来说，这种菌害已不再有效，因为我们已经有了杰出的女性小说家们。但对画家们来说，其流毒仍在。根据我的想象，哪怕是当下，这种毒害对音乐家们来说仍很活跃，毒性尤强。女作曲家们的地位，仍和莎士比亚时代的女演员的地位相同。

我想起了自己杜撰的莎士比亚妹妹的故事，尼克·格林曾说，女人演戏让他想到小狗跳舞。两百年后，约翰逊用同样的言语讽刺了传教的女人。在此，我翻开一本有关音乐的书，就在1928年，又有人用同样的字眼描述了试图作曲的女人们："关于热尔梅娜·塔耶芙尔[1]小姐，我只能重复约翰逊博士论及女传教士时所说的至理名言，只不过要换成音乐的说法：'先生，女人作曲，就像小狗要用后腿走路一样。它自然是走不好的，但让人吃惊的是它竟然会想去这样做。'"[2]

历史竟能这般精准地重复上演。

就这样，我合上了奥斯卡·勃朗宁先生的传记，也推开了其他人的，我的心中已有定论：很明显，乃至十九世纪，女性要从事艺术都必不会得到鼓励和支持。恰好相反，女人得到的只会是斥责、侮辱、训诫和规劝。

她们又要抵制这个,又要反对那个,势必神经紧张,筋疲力尽。

在此,我们还是没能绕出那个非常有趣且隐蔽,但对女性运动极具影响力的男权情结;那种根深蒂固的愿望——与其认定她该低人一等,不如认定他该高人一筹——使得他不管在什么领域都要招摇自己的伟大形象,不仅横在艺术之路上,还要阻断政治之路,哪怕被其阻挠的前景只会带给他微乎其微的风险,哪怕哀求他放行的人谦卑又恭敬。

我记得,就连对政治满腔热情的贝斯伯勒夫人也必是屈身低头地给格兰维尔·莱韦森-高尔夫人写信:"……尽管我对政治极有热忱,也发表了不少意见,但我完全同意您的观点:女人不应干涉政治或其他严肃的事务,顶多(在别人问起她时)说说自己的见解。"如此表态之后,她才将一腔热情毫无阻碍地投入更重要

1
热尔梅娜·塔耶芙尔
Germaine Tailleferre
(1892—1983),法国女作曲家。

2
塞西尔·格雷(Cecil Gray)《论述当代音乐》(*A Survey of Contemporary Music, p*)——原著注。
塞西尔·格雷,Cecil Gray(1895—1951),苏格兰音乐评论家、作家、作曲家。

的话题，也就是格兰维尔勋爵在下议院的首次演说。

我觉得，这实在是一种奇怪的现象。男人反对女性解放的历史，也许比女性解放本身更有意思。要是格顿学院或纽纳姆学院的年轻学子去搜集例证，演绎出一套理论来，准能写出一本有趣的书——不过，她得备好厚手套，还要有金块打造的栅栏，以便保护自己。

不过，暂且抛开贝斯伯勒夫人，我又想到，如今看来有趣的笑谈，也曾被极为严肃地认为非同小可。

我敢说，如今被标以"奇谈"，当作儿戏般在夏夜读给少数人听的闲谈轶事，也曾一度催人泪下。你们的祖母以及曾祖母辈中，有好多女人曾为这些故事哽咽、拭泪。弗洛伦丝·南丁格尔更是放声痛哭[1]。

何况，对你们来说，一切都挺好，可以读大学，有自己的起居室——也

---

[1] 见弗洛伦丝·南丁格尔《卡珊德拉》(Cassandra)，载于 R. 斯特雷奇著，《事业》。——原著注。
南丁格尔，Florence Nightingale (1820—1910)，英国护士，出身于上流社会，1860 年成立了世界上第一个非修道院形式的护士学校，现为伦敦国王学院的一部分，奠定了基础护理学专业。她的生日（5 月 12 日）被定为国际护士节日。——译者注。

许该称作卧室兼起居室?——你们大可以说,天才对这些看法是不屑一顾的,天才应当超然于旁人的议论。

不幸的是,恰恰是天才男女最在意众人的议论。想想济慈吧,想想他在自己的墓碑上刻下的铭文。再想想丁尼生吧,想想——不过,我似乎不必再举出更多无可否认的事实,虽然是令人遗憾的,但事实就是:艺术家的天性决定了他们会过分在意他人对自己的评说。文学世界里尸骸遍地,尽是对世人的评价过于介意,乃至到了不可理喻的程度的男人们。

在我看来,这种敏感加倍递增了他们的不幸。回到我最初提出的问题:何种心境才有益于创作?创作是一种非凡奇妙的努力,要直抒胸臆,把头脑中孕育的作品完整地写下来,就需要艺术家心境明净。看着我眼前摊开的《安东尼与克莉奥佩特拉》,我猜想,那就是莎士比亚的心境。必定没有阻滞,也没有未被消融的杂质。

尽管我们说自己对于莎士比亚的心境一无所知,但既然有此一说,我们就已经论及莎士比亚的心境了。

相比较于多恩[1]或本·琼森[2],又或是弥尔顿,我们对莎士比亚知之甚少,这或许是因为我们无从得知他的所有忿恨、怨气和憎恶。没什么"秘闻"能让我们联想到这位作家。抗议、劝诫、诉冤、报复、让全世界见证艰辛与不公,诸如此类的一切渴求都由他内心喷薄而出,燃烧殆尽,烟消云散。因此,他的诗歌从他心中自由自在地倾泻而出,无挂无碍。

若曾有谁圆满呈现自己的创作,那就是莎士比亚了。我再次转向书架,心想,若有谁的心境澄明清净,那就是莎士比亚了。

1
约翰·多恩
John Donne(1572—1631),英国诗人。代表作:《歌与十四行诗》(Songs and Sonnets)。

2
本·琼森
Ben Jonson(1572—1637),英国剧作家、诗人。代表作:《福尔蓬奈》(Volpone)、《炼金术士》(The Alchemist)。

4

你不可能在十六世纪找到任何一位女性能有这种心境。

只要想想伊丽莎白时代的墓碑雕像上的孩童合掌跪地，想想孩子们的早夭，再看看他们家中阴暗、逼仄的小房间，你就能明白：那时候的女人没可能吟诗作歌。你只能指望晚近年代里兴许有位富贵人家的淑女，倚仗着相对而言的自由和闲适，将自己的作品署名出版，情愿冒着被人视作怪物的风险。

当然，男人不都是势利眼——我要很谨慎地说下去，以免和丽贝卡·韦斯特一样成了"十足恶劣的女权主义者"——但他们多半是带着同情心去嘉许某位伯爵夫人在诗歌创作上的不懈努力。

你极有可能发现一位有头衔的女士得到更多鼓励与赞扬,远远超过某位不为人知的奥斯汀小姐或勃朗特小姐在那个时代可能得到的所有美言。但你也很可能发现,她的心境被诸如恐惧、愤恨等外界情绪干扰,而这在她的诗作的字里行间都有迹可循。

就拿温切尔西夫人[1]来说吧,想到这儿,我从书架上取出她的诗集。她生于1661年;出身于贵族世家,继而嫁入贵族名门;她没有子女;她写诗,但一翻开她的诗卷就能听到她在女性地位的问题上所宣泄的呐喊:

1
温切尔西夫人
Countess of Winchilsea(1661—1720),本名 Anne Finch,英国女诗人,早年是查尔斯二世王宫里的命妇,后因拒绝效忠威廉王而离开宫廷,之后在乡间居住二十余年,安妮女王在位时期,她与家人才回到伦敦,发表诗集。

我们沉沦到何等地步！沉沦于错误笃信的陈规，
是教养令人愚昧，而非天生如此；
被阻挡在一切令心智发展的进步之外，
就这样变得呆滞无知，如人所愿，听任摆布；
若有人想脱颖而出，
心怀更热切的梦想，张扬勃勃野心，
必会遭到一派强烈阻挠，
渴望发展的希望，终不能敌过恐惧。

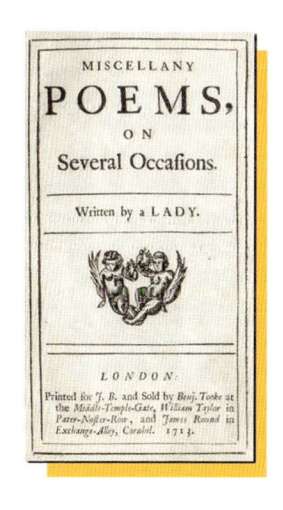

显然，她的心境绝不能算"尽除杂念，澄明清净"，而是彻底相反：怨恨不平令她恼怒，令她分心。在她心中，人类分为两派。男人是"强烈阻挠"的那一派；男人可恶又可怕，因为他们有权力阻挠她奔向心之所向——也就是，写作。

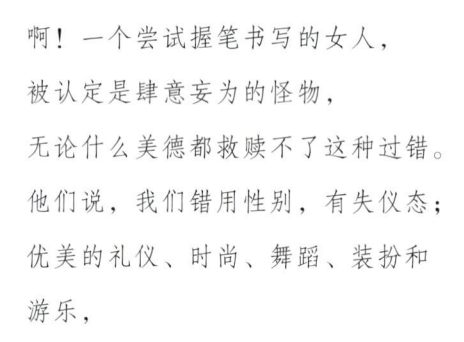

啊！一个尝试握笔书写的女人，
被认定是肆意妄为的怪物，
无论什么美德都救赎不了这种过错。
他们说，我们错用性别，有失仪态；
优美的礼仪、时尚、舞蹈、装扮和游乐，
才是我们理应追求的成就；
写作、阅读、思考，或是探索，
会令我们的美貌失色，年华耗尽，
让追求我们青春的人望而却步，
但呆板地打理无趣的家务事，
却被认为是我们最高的艺术、最大的用处。

Girl Reading In A Sunlit Room n.d / Carl Vilhelm Holsoe

其实,她不得不假定自己的作品永远不会出版,才能自勉于创作。再以哀伤的吟咏来抚慰自己:

> 对着寥寥数友与自己,吟出哀歌,
> 因你从未觊觎月桂成林;
> 隐于幽暗树影下,你该心满意足。

但显而易见的是,假如她能够令心境从愤恨和畏惧中解脱出来,别再令心灵充满痛苦和怨怼,她的心就仍像炽燃的火焰,字里行间就会流露出纯粹的诗意:

> 褪色的丝线永织不出,
> 无可仿效的朦胧玫瑰。

她的诗句得到了默里先生[1]的赞许,这是很公允的。据说还有蒲柏,

1
约翰·米德尔顿·默里 John Middleton Murry(1889—1957),英国作家,非常多产,出版了六十余部散文、评论和小说,与劳伦斯、艾略特等文人私交甚笃。

他不仅记住了这些诗,还曾在自己的诗中仿效了这几句:

> 此时的黄水仙战胜了虚弱的头脑;
> 我们昏沉在芬芳的痛楚中。

可以写出这样的诗句,与自然和谐、与思想同步的女人,却被逼到发怒发恨,这实在令人遗憾。可她又能怎么办呢?想到旁人的冷嘲热讽、谄媚者的奉承、职业诗人的疑忌,我不禁如此自问。

想必,她是把自己关在乡间小屋里写作的,哪怕她的丈夫对她体贴入微,婚姻尽善尽美,恐怕还是会因顾虑和苦涩而心碎。我说"想必",是因为但凡有人想探寻温切尔西夫人的史料,照例会发现,我们对她也几乎一无所知。

她饱受忧郁之苦,关于这一点,我们倒是有几分把握,因为她的诗句分明在告诉我们，陷入忧郁时她有怎样的想象：

> 我的诗句备受诋毁，
> 我的努力任人非议
> 是愚蠢的徒劳，或放肆的过错。

然而，任何人都能看出来，这所谓遭人非议的努力，不过是无伤大雅的田间漫步和遐想：

> 我的手乐于追索非凡物事，
> 远离司空见惯的套路，
> 褪色的丝线永织不出，
> 无可仿效的朦胧玫瑰。

如果这是她的乐趣所在、习惯使然，那理所当然会被人嘲笑；据说蒲柏或盖伊[1]就曾讽刺她是"忍不住乱写一通的女才子"。还是据说，她也曾嘲笑过盖伊，因此得罪了他。她

1
约翰·盖伊
John Gay（1685—1732），英国诗人、剧作家。代表作：《乞丐歌剧》（*The Beggar's Opera*）。

2

玛格丽特·卡文迪什 Duchess of Newcastle-upon-Tyne（1623—1673），全名 Margaret Lucas Cavendish，英国贵族出身的诗人、散文作家、小说家、剧作家、哲学学者、科学学者。代表作：乌托邦科幻小说《燃烧的世界》（*The Blazing World*），自传《我的出生、教养及生活的真实关系》（*A True Relation of my Birth, Breeding, and Life*），自然哲学散文集《自然哲学基础》（*Grounds of Natural Philosophy*）等。

说他的诗作《琐事》表明"他更适合抬轿子，而不是坐在轿子里"。不过，这都是"不可轻信的流言蜚语"，默里先生这样说，而且"很无趣"。

但在这件事上，我不敢苟同于他，反倒认为哪怕是"不可轻信的流言蜚语"也是多多益善，以便我能找出，甚或拼凑出这位忧郁夫人的模样；她喜欢在田间漫步，喜欢对非凡物事产生奇思妙想，还会犀利、轻率地鄙视"无趣的家务事"。但默里先生说她渐失章法。她任才华散漫芜杂，如同杂草遍长，荆棘束绕；再也没有机会展露出早先那种才华横溢的诗情。

于是，我把她的诗集放回书架，转而去看另一位贵妇人；被兰姆爱恋的纽卡斯尔公爵夫人，没有心机、耽于幻梦的玛格丽特[2]，她比温切尔西夫人年长，不过也算同时代人。

她们两人非常不同,虽然同为贵族,都没有子嗣,也都嫁给了最好的丈夫。两人都对诗歌有满腔热忱,也一样为此形容憔悴,身心俱伤。

翻开公爵夫人的书,也一样能看到怒火喷发:"女人像蝙蝠或猫头鹰般生活,像牲畜般劳作,像虫子般死去……"玛格丽特也一样,本可以成为诗人;若是在我们这个时代,像她那样勤勉的人总可以推动某个领域的发展。

但在那个年代,有什么能束缚、驯服或教养那般狂野、充沛而又未经雕琢的智慧,令其为人所用呢?那般才智竟只能兀自喷薄,肆意流淌,杂乱无章地汇流于韵文和散文、诗歌与哲学的激流中,凝固在无人问津的四开本或对开本里。本该有人把显微镜递到她手中。本该有人教她仰望星空,并以科学的方法去思考。

她的才智是在孤独与自由中发

1

埃杰顿·布里奇斯爵士
Sir Samuel Egerton Brydges
（1762—1837），英国诗人、小说家、传记作家。

2

多萝西·奥斯本
Dorothy Osborne, Lady Temple
（1627—1695），英国贵妇，曾出版《书信集》。后文中的坦普尔即她的丈夫威廉·坦普尔爵士。

展的，没有人指正，也没有人教导，只有学者们的逢迎，宫廷里的奚落。埃杰顿·布里奇斯爵士[1]抱怨她的粗鄙——"竟来自一位出身名门、又在宫廷中得到教养的贵妇"。她就将自己幽禁在韦尔贝克了。

这位玛格丽特·卡文迪什会让人想到何其孤独、又何其混乱的画面！似有一株巨大的黄瓜在花园里猛长，压覆了玫瑰和康乃馨，令它们窒息而亡。

这个曾写出"最有教养的女人莫过于心智最开明的女人"的女人却把时间虚掷于涂写废话，甚而在昏聩荒唐中愈陷愈深，以至于她出行时会有人围堵她的马车，蜂拥窥视，这是何等的暴妙大物。显然，这位疯狂的公爵夫人已被视为老妖婆，足以吓唬那些聪明的姑娘。

这时，我想起多萝西·奥斯本[2]曾在写给坦普尔的信中提及公爵夫人

133

的新作，便放下公爵夫人的书，打开了多萝西的书信集。"这个可怜的女人果真有点错乱了，要不然也不至于如此荒唐，竟大胆地去写书，写的竟然是诗集，就算我两个礼拜不睡觉，也决不会做出这种事。"

既然神志清醒的端庄淑女不能写书，所以，多萝西，这位敏感又忧郁，性情和公爵夫人大相径庭的女人就什么都不曾写过。写信并不算写作。女人尽可以安坐在父亲的病榻旁写信，也尽可以在炉火旁写信，不去打扰男人们的交谈。

但奇怪的是，我一边翻看多萝西的信件，一边赞叹这位无师自通、寂寂无名的姑娘在遣词造句、描摹场景的方面颇有天资。且听听她所写的：

"吃过饭，我们坐着闲聊，直到他们说到 B 先生我才离开。一天里最热的时段就在读读书、做做活儿中打发了，大约六七点钟，我走出家门，到了附近的公地，好多年轻的乡下姑娘在那儿放羊、放牛，她们都坐在树荫下唱民谣。我走过去，将她们的嗓音和美貌比照我在书上读到的古代牧女，我发现二者大不相同，但请相信我，她们的天真无邪和古代牧女完全一样。我和她们聊起来，发现她们无欲无求，只想让自己成为世上最快乐的人。我们聊天的时候，常有一位姑娘东张西望，发现她家的牛跑进了田里，不一

1
阿芙拉·班恩
Aphra Behn（1640—1689），英国戏剧家、小说家、诗人，第一位以写作为生的英国女性。代表作：长篇小说《奥鲁诺克》(Oroonoko)，诗集《利西达斯，潮流爱人》(Lycidus;or,the Lover in Fashion)。

会儿她们就都跑光了，好像脚后跟长了翅膀。而我呢，没那么身手矫捷，只有待在那儿，等我看到她们把牛羊都赶回家时，我想我也该回家了。吃过晚饭，我去了花园，走到小河边就坐了下来，但愿你就在我身边……"

你可以指天发誓：她确实有写作的潜质。可惜，"就算我两个礼拜不睡觉，也决不会做出这种事"——就连极具写作才能的女人都能说服自己相信写书是荒唐事，甚至会暴露自己的错乱，你就能明白：反对女性写作的声音是何等不绝于耳。

所以，我又把多萝西·奥斯本那本薄薄的信札放回书架，换成了班恩夫人[1]的书。

班恩夫人的出现，意味着我们来到了一个非常重要的转折点。我们把那些幽居的贵妇留在身后吧，把她们的对开本留在花园里吧，她们写书不过是自娱自乐，既没有读者，也得不到评论。我们要来到城里，和街上的普通百姓摩肩接踵。

班恩夫人是中产阶级女性，普通百姓的种种美德她都有：风趣、活泼、勇敢。因为丈夫身故、自己的生意失败，她不得不靠才华来谋生路。她不得不和男人们一样，在同等条件下谋生。她非常勤奋地挣钱，因而生活无忧。

这一点极其重要，甚而比她写出的作品本身更重要——甚至包括杰出的诗作《千次殉道》和《爱在奇妙的胜利中》——因为就是从这一点出发，心智终获自由；也不妨这样说：从这一点出发，假以时日，被解放的心智就有可能随心所愿，写出真心想写的诗句。

既然阿芙拉·班恩做出了榜样，姑娘们就能去跟父母说，你们不用再给我零花钱了，我可以靠笔杆子养活自己。但事实上呢？班恩夫人过后的很多年里，姑娘们得到的回答依然是："好啊，像阿芙拉·班恩那样过日子！那还不如死了好！"话音未落，门也被迅速甩上，快得前所未有。

在此，似乎有必要讨论一个意义深远的有趣话题，即：男人如此看重女性的贞操守节，甚而影响了对女性的教育，若有格顿学院或纽纳姆学院的学生愿意深入研究一下，兴许会写出一本妙趣横生的书来。

书的卷首插图可以用这幅画：达德利夫人珠光宝气地坐在蚊虫纷飞的苏格兰荒野中。达德利夫人辞世的那天，

《泰晤士报》撰文写道：达德利勋爵是"一位品味高雅，多才多艺的先生，心地慈悲，乐善好施，却专横得离奇。他坚持要夫人盛装打扮，哪怕去苏格兰高地狩猎，在最偏僻的木屋里也要如此。他为她戴上数不清的高贵耀目的珠宝"诸如此类，"他给了她一切，却从不让她担负哪怕一点责任"。后来，达德利勋爵中风，她便一直服侍他，自此之后，以过人才干打理他的庄园。时值十九世纪，那种离奇的专横依然存在。

回到正题。阿芙拉·班恩证明了一点：牺牲一些令人赞许的美德，或许就可以靠写作赚到钱；如此一来，写作也就渐渐不再被视为愚钝或心智错乱的标志，而具有了切实可用的价值。

丈夫可能先死，家里可能遭到天灾人祸。自十八世纪伊始，数以百计的女性为了给自己挣点零花钱或补贴家用开始做翻译，也写了很多蹩脚的小说；那些书，在如今的教科书中是不被记载的，但在查令十字街"四便士一本"的旧书摊上还能找到。

到了十八世纪末期，女性的思想极度活跃——她们做演讲、组织集会，撰文评论莎士比亚，翻译经典著作——都基于一个颠扑不破的事实：女人可以靠写作来赚钱。没人付钱，物事就显得轻薄；有人付钱，同样的物事就有了身价。人们依然大可嘲笑她们是"忍不住乱写一通的女才子",但谁也不能否认,她们可以把钱放进自己的钱包了。

于是,到十八世纪即将结束时,转变已发生,若由我来重写历史,我要充分描写这一转变,并且明确表态:其意义比十字军东征或玫瑰战争更重大。

中产阶级女性开始写作了。

如果说《傲慢与偏见》很重要,《米德尔马契》《维莱特》和《呼啸山庄》也都不可忽视,那么,女性写作的意义就远远不是我在这一小时讲演中所能证明的,因为其意义在于:不仅仅是那些幽闭乡野、在自己的对开本和外人的逢迎中孤芳自赏的贵妇们,而是从整体上而言,女性群体开始写作了。

没有那些先驱,简·奥斯汀、勃朗特姐妹和乔治·艾略特就不会写出

1
伊丽莎白·卡特
Elizabeth Carter（1717—1806），英国女诗人、作家、语言学家、翻译，是位多才多艺、勤勉不懈的博学家，享年88岁。

她们的作品，正如莎士比亚不能没有马洛，马洛不能没有乔叟，而乔叟也不能没有那些已被遗忘了的诗人，是他们雅驯了自然语言中的粗鄙之处，为后人铺平了道路。所有的杰作，都不是孤立地横空出世的，而是经年累月共同思考的结果，是群体智慧的结晶；单一的作品发声，但响彻其后的是众人经验的共鸣。

简·奥斯汀应该在范妮·伯尼的墓前献上花环，乔治·艾略特应向具有强大影响力的伊丽莎白·卡特[1]——那位勇气可嘉的老妇人坚持在床头拴铃铛，催促自己早起学希腊文——致以敬意。

而所有女人都应当去阿芙拉·班恩的墓前献花，虽然她被葬在威斯敏斯特教堂一事曾令世人惊愕讪笑，但其实是极妥当的，因为正是她为所有女性赢得了表达心声的权利。尽管她名声不佳，情事风流，却正是因为她，

139

我今晚叫你们用自己的智慧每年赚五百英镑才不至于像是异想天开。

好,现在我们到十九世纪初了。在此,我第一次发现,有几个书架上摆放的全是女作家的书。可我扫视书架后,不禁想问:为何除去极少数的几本,她们写的全是小说?

文学创作最初的冲动应该是作诗。"诗歌之尊"就是一位女诗人[1]。在法国和英国,女诗人的地位都要高于女小说家。

再看看那四个著名的作者名,乔治·艾略特和艾米莉·勃朗特有何共通之处?夏洛蒂·勃朗特不是完全无法理解简·奥斯汀吗?她们都没有孩子,但除了这一点,似乎没办法把她们联系在一起了,就像四个格格不入的人物无法凑成共处一室的场面——正因为这样,臆想她们相聚并相谈才显得格外诱人。

[1] 指古希腊女诗人萨福,语出英国诗人斯温伯恩。

2

艾米丽·戴维斯 Sarah Emily Davies（1830—1921），英国女权主义者，曾参与创建英国第一所女子高等学府：剑桥大学格顿学院。

然而，不知受了什么力量的左右，她们一旦动笔，竟然都写起了小说。

我在想，这和她们都出身于中产阶级有关吗？和十九世纪初的中产阶级家庭共用一间起居室有关吗——也就是后来的艾米丽·戴维斯小姐[2]所极力论证过的事实？女性要写作，只能在家庭成员共用的起居室里写。恰如南丁格尔小姐所愤慨抱怨的——"女人就没有半小时……是属于自己的"——总有人打扰她。但即便如此，相比于写诗或戏剧，在起居室里写散文和小说终究是要容易一点，所需的专注力也没有那么多。

简·奥斯汀就这样写了一辈子。她的侄子在为她撰写的回忆录中写道："她能完成这一切，着实令人惊叹，毕竟，她没有单独的书房可用，大部分作品想必都是在共用的起居室里完成的，时不时被各种情况打断。她很谨慎，不让仆人、访客或是任何外人对她的写作事业有所猜疑。"[1]简·奥斯汀会把手稿藏起来，或是用张吸墨纸盖住。

而且，在十九世纪初，女性接受的所有文学训练都在于观察人物、分析情感。几个世纪以来，女性的感知力一直都在人来人往的起居室中受到熏陶。人们的喜怒哀乐给她留下了深刻的印象，各式各样的人际关系始终在她眼前流转。因此，中产阶级女性开始写作，自然而然地，就会去写小说。虽说如此，我们刚才提到的那四位著名女作家中，其实有两位并非天生的小说家。艾米莉·勃朗特本该写长诗剧作，乔治·艾略特应把她磅礴的思想施展在历史或传记的写作中，并同时挥洒创造力。

然而，她们写的都是小说；不仅如此，她们还写出了相当优秀的小说，想到这儿，我把《傲慢与偏见》

[1] 《回忆简·奥斯汀》由她的侄子詹姆士·爱德华·奥斯汀-利著。——原著注。

THE WINDOW, RUE DES TROIS FRÈRES (1878) / CAMILLE PISSARRO

从书架上拿了下来。我们完全可以不带夸耀也不至于让男性难堪地说,《傲慢与偏见》是一部好小说。

无论如何,假如有人发现你在写《傲慢与偏见》,你绝对不必感到羞怯。可是,门轴吱嘎作响却会让简·奥斯汀庆幸,因为别人还没进屋,她来得及藏起手稿。在简·奥斯汀看来,写《傲慢与偏见》多少有点见不得人。

我倒是很想知道:要是简·奥斯汀认为不必在访客面前掩藏手稿,《傲慢与偏见》会不会写得更精彩?我读了一两页,但找不到任何迹象能证明生活环境影响了她的创作,一丝一毫都没有。

这,或许才是此书神奇之所在:一个女人在1800年前后写作,心里既无怨恨,也无辛酸,没有恐惧,也没有抗议或说教。

我看着《安东尼与克莉奥佩特拉》,心想,莎士比亚就是这样写作的。当人们将莎士比亚与简·奥斯汀相提并论时,所对照的重点应该是两人创作时都是心无杂念;但也正因为这样,我们并不了解简·奥斯汀,也不了解莎士比亚;正因为这样,简·奥斯汀本人融入了她所写的字里行间,莎士比亚也一样。

要说那样的环境给简·奥斯汀带去什么不利因素,那就是:将她限制于一种狭隘的生活。那时候的女人不可能独自出门闲逛。她未曾旅行，未曾乘马车穿行于伦敦，也未曾独自在饭馆里用餐。不过，得不到的那一切，简·奥斯汀也未必想要，这可能就是她的天性。她的天赋与她的处境完全契合。

但我怀疑夏洛蒂·勃朗特的情况与之不同，现在我翻开了《简·爱》，把它搁在《傲慢与偏见》的旁边。

我翻到了第十二章，看到了"招来某些人的非议"这句话，我真是纳闷，夏洛蒂·勃朗特有什么能让人非议呢？我读到简·爱趁费尔法克斯夫人做果冻的时候爬上了屋顶，眺望远方的田野。然后，她开始渴望——就是因为这个，勃朗特才会被人非议——

> 我渴望拥有超越这一切的视野，直抵繁华的世界，那些我虽有所闻，却从未目睹过的喧嚣城镇和地区。我也渴望拥有比眼下更丰富的阅历，结交更多与我意气相投的人，见识到更多形形色色的个性。我很珍视费尔法克斯夫人的美德、阿黛拉的优点，但我相信世上还存在更显著的德性，凡是我信奉的，我都渴望能亲眼目睹。
>
> 谁会有所非议呢？无疑会有很多人说我贪心，

不知足。但我又能怎么办呢？我天生就有不安、不满的心灵，时常烦扰，让我痛苦……

强调人类应当满足于平静的生活，无异于徒劳的空话。人应当有所行动，要是找不到机会，那就该自己创造。

与我眼下的处境相比，成千上万的人注定要承受更寂灭的生活，也有成千上万的人在默默反抗既定的命运。在这尘世间，芸芸众生之中，没有人知道有多少人在酝酿着这种抗争（我们暂且不提政治性的反抗）。

世人总认为，女人应当安安静静，但女人的感受跟男人的一样；女人和兄弟们一样，也需要发挥自己的才能，也需要有用武之地；如果受到太严厉的束缚，过着绝对一成不变的生活，女人也会和男人一样感到痛苦；如果那些得天独厚、占尽先机的男人们说女人们只消满足于做布丁、织长袜、弹钢琴、绣花布包，那他们的心胸也未免太狭隘了；如果女人希望打破常规，获得世俗认定女性应守的规范之外的更多学识和成就，为此谴责或讥笑她们的人也未免太轻率了。

那些时刻，我独自一人，常常听到格雷斯·普尔的笑声……

我觉得这是一处生硬的转折。突然扯出格雷斯·普尔,未免让人扫兴。行文的连贯被打断了。

我把这本书搁在《傲慢与偏见》的旁边,继而想到,人们或许会说,写出这段文字的女人要比简·奥斯汀更有才华,但如果你把这段话从头到尾地读完,留意到文字间的突兀急转,留意到那种激愤,你就会明白,她永远无法把自己的才华完整而充分地表达出来。她的作品注定会扭曲,会走形。行文本该冷静,她却带了怒火去写。本该笔藏机锋,她却写得愚笨。本该塑造角色,她却写了自己。她是在对抗命运。她怎能不受尽钳制和压抑,乃至早早离开人世呢?

我忍不住开始玩味一个念头:要是夏洛蒂·勃朗特每年能有三百英镑,那会怎样——可这个笨女人以一千五百英镑一次性卖断了几本小说的版权——如果她对这个大千世界、对那些充满活力的城镇乡郡多一些了解,多一些人生阅历,与更多同道中人多些交往,结识更多各色人等,那又会怎样呢?

在那段文字中,她不仅指出了自己作为小说家的不足,也点明了那个时代所有女性的欠缺之处。没有人比她更清楚,如果不是在寂寥地眺望远方的田野中消磨天赋,如果允许她去体验、去交际、去旅行,她的才华将会换取何其丰盛的收获。

但她不能去，这些事都是不被允许的，都是被禁止的，我们只能接受一个事实：《维莱特》《爱玛》《呼啸山庄》《米德尔马契》，写出这些出色小说的每一个女人都没有更多阅历，顶多只能进出体面的牧师的家门；这些小说都是在体面家庭里的共用起居室里写成的；而这些女人穷得连纸都不能一次多买几叠，好去写《呼啸山庄》或《简·爱》。

没错，她们中的一位，乔治·艾略特，在历经磨难后终于摆脱了这种困境，但也只能隐居在圣·约翰森林中人迹罕至的别墅。

即便隐居在那儿，她依然处在世人非议的阴影之下。"希望人们可以理解，"她这样写道，"任何未曾请求前来的人，我都不会邀来看我。"这难道不是因为她和一个有妇之夫同居吗？哪怕只是看她一眼，不就会折损史密斯夫人或任何顺路拜访的人的清白吗?她必须屈从于社会习俗,必须"自绝于所谓的尘世"。

而与此同时,在欧洲的另一边却有一位男士,时而毫无顾忌地和这个吉普赛姑娘或那位贵妇名媛厮混一处,时而奔赴战场,随心所欲、无拘无束地经历丰富多彩的人生,再后来,当他开始写书的时候,这一切都成了不可多得的素材。

要是托尔斯泰也与一位"自绝于所谓的尘世"的有夫之妇隐居在修道院里,无论从中得到的道德教训是多么启迪人心,我想,他恐怕也写不出《战争与和平》了。

不过,对于"小说创作"以及"性别之于小说家的影响",我们或许还可以深入探讨一下。

不妨闭上双眼,把小说想象成一个整体,就会发现,小说是造物,却拥有某种镜面属性,能映照出生活

Saint Séverin (1923–1925) / Robert Delaunay

本身，当然，也有无数简化和变形的部分。无论如何，小说是一种可以在人心中投下其形态轮廓的结构体，时而是方形，时而是塔状，时而向外伸出侧翼和拱廊，时而向内收缩成君士坦丁堡的圣索菲亚大教堂那样的紧凑拱顶。

我回忆起几部著名的小说，心想，最初，这种形态始于与之相称的某种情感。但这种情感立刻就会融入别的情感，因为，这种形态的构成并非基于砖石与砖石的垒砌，而是由人与人的关系造就的。

由此，一部小说会在我们心中激起各种矛盾对立的感情。与生活相抵触的，是生活以外的东西。所以，谈及小说好坏时，人们难以达成一致，个人的好恶偏见会让我们摇摆不定。一方面，我们觉得你——主人公约翰——必须活下去，要不然，我会悲痛欲绝。但另一方面，我们又觉得，唉，约翰，你必须要死，因为这是小说的形态所必需的。

与生活相抵触的，是生活以外的东西。既然生活部分地反映在小说中，我们就将小说当作生活去评判。有人会说：我最讨厌詹姆士这种人。或是：这真是一派胡言乱语，我自己从没有过这种感受。想想任何一部经典小说就能明白，整体结构显然是无限复杂的，因为那是由众说纷纭的判断、各式各样的复杂情感所构成的。

令人惊奇的是，如此写就的小说却显得浑然一体，一两年内就广为流传乃至长盛不衰，英国读者所领会到的意思，可能和俄国读者、中国读者所领会到的并无二致。不过，能达到浑然一体的境界的书非常稀少。

在这些罕见的传世之作中（我想到的是《战争与和平》），能让不同的判断和情感完美契合的就是人们常说的"真诚"，当然，这和不赖账、危难时保持体面磊落之类的事没有关系。

我们所说的，是小说家的真诚，是指小说家让人相信：这是真实的。读者会想，没错，我永远想不到事情会是这样，我从没见过有人会那样做；可你让我相信了，那好吧，就让事情这样发生吧。

我们阅读时，会将书中的每一句话、每一个场景都凑到亮光下打量——这非常奇妙，大自然似乎给予了我们一种内在的光亮，可以让我们看清小说家是诚实还是虚伪。也可能，是大自然在最不理性的冲动下，用隐形墨水在心智的四壁写下了预兆，等待这些伟大的艺术家来印证：只有在天才的火光照耀下，一笔一画才能显形。昭然若揭时，你眼看着隐言复现，必会欢呼：这不正是我一直感受、了解并且渴望的吗！你心潮澎湃，近乎崇敬地合上书页——仿佛那是一样可以重温再品、终身受用的珍宝——再把它放回书架。我就是这样拿起《战争与和平》再放回原处的。

但也有另一种可能,你读到、品到的是蹩脚的句子,初读时让你产生热切共鸣的只是浮夸的瑰丽词藻,并且止于词藻;似乎有什么在检验它们能否往深远里发展,或是揭露出那个边角里的几笔淡淡的涂写,这儿的一团涂污,没有完整、充分的整体,那你只能失望地叹息一声,说,又是一部失败之作,这部小说里有败笔。

当然,大多数情况下,小说都会有败笔。想象力过于紧张,不堪重负,摇摇欲坠。洞察力也混淆不清,不能再辨明真假,无力维续这种时时刻刻都要求调动不同才能的繁重劳作。

但看着《简·爱》和其他小说时,让我思忖的是:小说家的性别怎么会影响到凡此种种?女小说家的性别怎么能妨碍她的真诚,亦即我所以为的作家的脊骨?

从我摘自《简·爱》的那段文字中可以清楚地看到,怒气削弱了小说家夏洛蒂·勃朗特的诚挚。她偏离了本该全心全意去写的小说，转而去宣泄个人的积怨。她想起自己本该经历却极度欠缺的生活——她想自由自在地周游世界，却不得不困在某个教区牧师的家中缝补袜子。愤恨油然而生，她的想象力也因此偏离正道，而我们察觉得到这种偏离。

更何况，她的想象力不仅因愤怒牵扯而被引入歧途，还受到了很多别的影响。譬如说：无知。罗切斯特的形象好比是在黑暗中画就的。我们能感受到那幅画面中的恐惧感；同样，也能始终感受到尖酸刻薄——那是压抑的结果，是郁积在她激情之下的暗火，是让这些出色的小说痛苦痉挛的怨怒。

小说就是这样与真实生活紧密相连的，因此，从某种程度上来说，小说的价值观等同于真实生活的价值观。

PRINCIPE D'INCERTITUDE (1944) / RENÉ MAGRITTE

显而易见的是，女性和男性所创造的价值常常很悬殊，有一种天经地义的差别；但占据主导地位的却总是男性价值观。简而言之，足球和体育是"重要的事"，崇尚时尚、添置衣装则是"琐事"。

这类价值观不可避免地从生活进入了小说。评论家会说，这本书意义重大，因为它论及战争；那一本就无足轻重，因其描写的是客厅里一众女眷的情感。战场上的场景显然比商店里的场景更重要——价值的微妙差异随处可见。

因此，论及十九世纪早期小说的整体构造，如果作者是女性的话，她在构思时就得稍稍扭转原本的思路，迁就世人公认的标准，改变自己原有的见解。

只需翻开那些已被遗忘的旧小说，听一听其中的语气，便知道作家是在顺应评论界；她要么逞强，要么示弱；要么承认自己"不过是个女人",要么又抗议说她"跟男人不相上下"；要么温顺羞怯,要么激愤发怒,如何应付批评,全由她的性情而定。但无论态度怎样,她所关心的都不是作品本身。

她的书,就是我们的前车之鉴。核心里有缺陷。我想到,所有这些女人写的小说散佚于伦敦的旧书店,俨如果园里的长着疤痕的小苹果。核心里的缺陷令它们整个儿烂掉。她为了迎合别人的意见,改变了自己的价值观。

不过,恐怕也不可能让她们不那样左右摇摆。在男权一统天下的社会里,面对所有那些批评,要有何等的才华,何等的真诚,才可能不为所动,毫不退缩地坚持自己的主见?

只有简·奥斯汀和艾米莉·勃朗特做到了。在她们应得的冠冕上,还有一根或许是最精美的翎羽；她们用女人的方式写作,没有像男人那样去写。

那个年代,成百上千的女性小说家中,只有她们,毫不理会那些顽固不化的学究们一成不变的训诫——要这样写，该那样想。只有她们，对喋喋不休的声音充耳不闻——时而埋怨，时而训教，时而专横，时而悲悯，时而震惊，时而愤怒，时而慈祥地谆谆教诲，这些声音就是不肯让女性有片刻安宁，非要对着她们发声，像一本正经的女教师，或像埃杰顿·布里奇斯爵士那样，时时刻刻对她们耳提面命，要她们温文尔雅；甚至把对性别的评判[1]也纳入诗歌批评之中，告诫她们，如果想要出类拔萃，甚或赢得炫目的奖项，那就必须在那位绅士认为妥当的范畴内循规蹈矩，"……女性小说家只有勇敢地承认其性别带来的局限，才能去渴求杰出的成就。"[2]

这句话一针见血，道破了这个问题的真相，而我要告诉你们：这并非写于 1828 年 8 月，而是 1928 年 8 月。你们一定会大吃一惊，我想你们也会同意，不管这句话现在读来是多么好笑，但在一个世纪前却代表着更有说服力、更为人津津乐道的主流观点——我并不打算翻旧账，只是随机缘巧合，看到什么就说什么。

回想 1828 年，一个年轻女人必须意志坚定，才能抵制所有那些非议、苛责，甚或奖赏的诱惑；她必须有叛乱者般的蛮勇，才能煽动自己：哎呀，但他们无法收买文学。文学对每个人都敞开大门。我不许你把我赶出这块草坪，哪怕你是学监；

1

"（她）沉迷于一种形而上的目的，这种执迷对女人来说尤其危险，因为只有极少数女性能像男性那样，在衷爱修辞的时候能保有健全的态度。女人在这方面的欠缺是很奇怪的，毕竟，她们在别的方面通常比男性更简单、更物质化。"《新标准》（*New Criterion*），1928 年 6 月——原著注。

2

"你若像那位记者一样，也就会相信：女性小说家只有勇敢地承认其性别带来的局限，才能去渴求杰出的成就（简·奥斯汀［已经］向我们展示了，她是如何优雅地做到这一点……）。"《生平与书信》（*Life and Letters*），1928 年 8 月——原著注。

要把图书馆锁上,你就锁上吧,
但你锁不住我自由的心智,
因为那是没有门、
没有锁、
没有闩的。

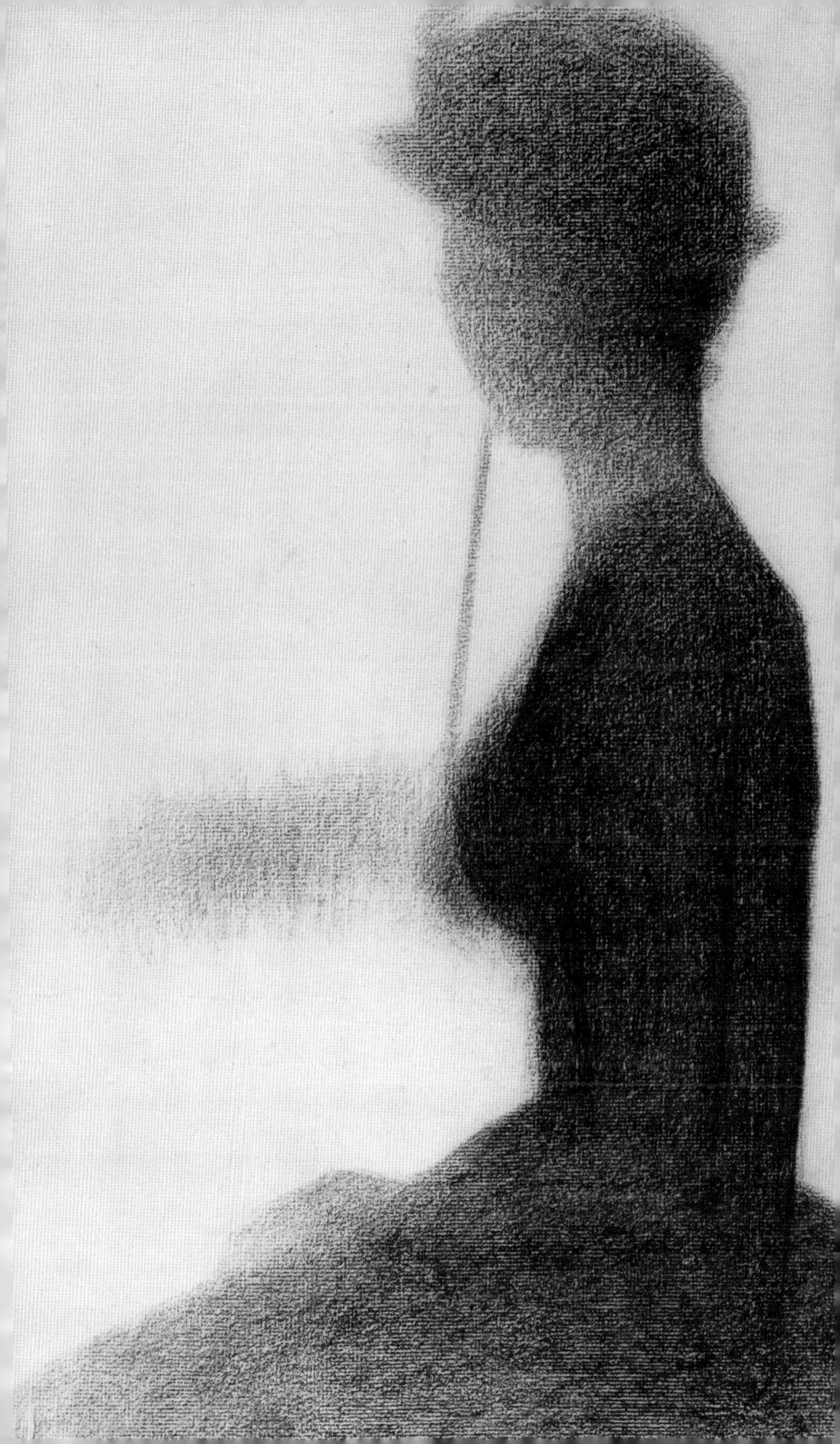

然而，不管那些打击和批评对她们的创作带去怎样的影响——我相信那是极大的影响，和她们（我这时所想到的仍是十九世纪初的小说家们）将思绪诉诸笔端之时面对的另一种困难相比，就显得无足轻重了。

那种困难就是：她们没有以往的传统可循，即使有，也历时太短、涉及面窄，所以对她们没什么帮助。若是身为女人，我们只能通过母亲去回溯过去。你或许可以从伟大的男作家那儿获得些许乐趣，但向他们求助只会是徒劳。

兰姆、布朗、萨克雷、纽曼、斯特恩、狄更斯、德·昆西——不管是谁——都未曾帮助过女作家，哪怕她可能从他们那儿学到了几种巧妙的技法，并挪用在自己的书中。男性思维的分量、速度、跨度都和她的大相径庭，所以，她很难从中提取什么现成的东西。画虎不成反类犬。

也许，她下笔时首先意识到的或许就是：没有一句现成的句式可供她使用。像萨克雷、狄更斯、巴尔扎克这样伟大的小说家的文笔都很自然，流畅但不轻率，富于表现力但不矫揉造作，各有特色但雅俗共赏。

他们在小说中都使用当时流行的句式。十九世纪初流行的句式大概是这样的："他们的作品之伟大，在于其立论绝不半途而废，势必贯彻到底。再没有比升华艺术、不断创造真与美更能让他们兴奋和满足的事。成功催人奋进，习惯助人成功。"这是男性的句式，我们可以从中读出约翰逊、吉本和其他男作家。

这种句子完全不匹配女性。

夏洛蒂·勃朗特，纵有出色的散文笔法，手持如此笨拙的武器，都难免跟跟跄跄，跌个跟头；乔治·艾略特，因此落下的败笔非笔墨所能形容；简·奥斯汀，看到这样的句子只会冷笑一声，再设计出自如合用、流畅自然、优美工整的句子，就那样沿用下去了。因此，虽然论才华她比不上夏洛蒂·勃朗特，却道出了无限深意。

的确，自由充分的表达是这门艺术的精髓所在，所以，传统的缺失、工具的阙如与不当显然影响到了女性的写作。更何况，一本书的完成，并不尽然是把句子首尾相连那么简单，而是要用句子去构筑，打个形象的比方，就是要构筑出拱廊和穹顶。事实上，就连这一结构本身也是男人们出于自己的需要设计出来，为自己所用的。

我们没有理由相信，史诗或是诗剧的形式比这种句式更适合女人。但是，在女性开始写作之前，各种既有的文学形式便已定形、已坚固。只有小说这种体裁尚且年轻，在她手中尚且柔韧——这或许是她写小说的另一个原因吧。可是，即使是现在，谁又能说"小说"（我给它加上引号，是因为我觉得这一名称并不合适），这所有形式中最柔韧的一种，就是为她而打造，因而最适合她用呢？

毫无疑问，一旦她举手投足都能随心所欲时，我们便会发现，她会将之敲打成形，打造成最适合她用的样子；她会创造出新的利器来表达内心的诗意，也未必是用韵文；因为这诗意至今仍然无法被倾诉。我又想到，如今的女性会如何来写一出五幕的诗歌悲剧？用韵文？还是宁可用散文体？

但这些难以解答的问题都在遥遥未来的朦胧晨曦中。

我必须将其搁置下来，因为它们诱惑我渐离正题，走进一片很容易迷路，甚至被野兽吞噬的荒芜森林。这是我所不愿的，我相信，你们也不愿听我牵扯出这个悲观的话题，亦即小说的未来。

所以，我要暂停片刻，请你们注意，对女性来说，物质条件在小说的未来会扮演至关重要的角色。书籍，多多少少是要与体格相称的，不妨这样冒昧地说：与男人写的书相比，女人写的书理应更短小、更紧凑，布局谋篇也无需长时间聚精会神、不被打扰。因为打扰在所难免。

再说，男性和女性用于滋养思想的神经构造似乎也不相同，要让它们全力以赴、出色地发挥作用，就必须找到最适宜的工作方式——比方说，这种数小时的长篇讲座，据说是几百年前的僧人发明的，是否适合我们的脑神经呢？头脑需要怎样交替工作和休息，保持张弛有度？也不要把休息当作无所事事，休息也是做事，只不过，做的是不同的事，那么，不同的事区别何在？

这些问题都有待讨论和探索，也都是"女性与小说"的一部分课题。于是，我再次走向书架，又想到，我要去哪儿才能找到女性对女性心理的深入分析？假如因为女人踢不好足球，就不让她们去从医——

幸运的是，我的思绪现在又转向了别处。

5

信步闲看后,我终于来到了摆放在世作家作品的书架前。既有女作家的,也有男作家的,如今,女人写的书几乎与男人写的一样多了。

也可以这样说:事实不仅于此,如果说在两性之中依然是男性较为健谈,那么,事实的另一面就是:女人不再只写小说了。

书架上,有简·哈里森的希腊考古学著作,弗农·李[1]的美学专著,格特鲁德·贝尔[2]的波斯游记;林林总总,包含了上一代女性从不曾涉及的各类话题,有诗歌、戏剧和评论,

1
弗农·李
Vernon Lee(1856—1935),原名Violet Paget,英国作家,著有超自然主义小说和美学专著。

2
格特鲁德·贝尔
Gertrude Bell(1868—1926),原名Gertrude Margaret Lowthian Bell,英国作家、旅行家,对英国与中东的政治关系有极大贡献。

历史和传记,游记和各种学术研究著作,甚至还有几本哲学、科学和经济学的著作。

虽然小说仍是主流,却因为与其他著作有所关联,自身也已经发生了变化。

女性写作史诗年代中的那种天然质朴或许已一去不复返。阅读与批评或许已拓宽她的眼界,让她的视角更细致入微。或许已经宣泄了描写自我的冲动。她或许已开始把写作当成一门艺术,而不再是表达自我的方法。

从这些新小说中,我们应该能找到对于此类问题的一些答案。

我从中随意地抽出一本。

这本书就在书架的最顶端,有《人生冒险》之类的书名,作者是玛丽·卡米克尔[3]。今年十月刚刚出版。

看上去是她的处女作,我自语

---

[3] 参见第一章,是作者假想的人名之一。

道，但最好把它当作一套很厚的丛书的最后一本去读，承续我刚刚浏览过的所有那些书——温切尔西夫人的诗集、阿芙拉·班恩的剧作，还有那四位著名小说家的杰作。这是因为书与书之间有连续性，哪怕我们习惯于单独评判某本书。而我也必须把她——这位不知名的女作家——视为那些女作家的后裔，我刚才领略了她们的境况，现在可以看看她继承了多少她们的特色和局限。

因而，我坐下来，拿出笔记本和一支铅笔，看看我能从玛丽·卡米克尔的第一部小说《人生冒险》中了解到些什么；可一想到小说总像镇痛剂，让人沉昏麻木，而非解毒剂，如同用烧热的烙铁把人惊醒，我不免长叹一声。

首先，我从上到下浏览了一页。我对自己说，先要领会她的词句，再去记谁的眼睛是蓝色的、谁的是棕褐色的，还有克洛伊和罗杰可能是什么关系。我得先搞清楚她手里拿的是笔还是锄头，之后才有时间去关心细节。

于是，我念了一两句话，很快就感觉到行文有失整饬。句子间流畅的衔接被打断了。有什么被撕裂了，有什么被划破了，时不时会迸出一个词，在我眼中如火炬般刺眼。就像老戏中常说的，她是在试图"放开手脚"。

我心想，她真像一个擦火柴的人，但那根火柴是点不燃的。

仿佛她就在我面前，我忍不住问道：为什么简·奥斯汀的句式对你来说也不称手？就因为爱玛和伍德豪斯先生死了，那些句法也必须统统被抛弃吗？

唉，如果真是这样，我实在免不了叹息。

简·奥斯汀的词句就像莫扎特的协奏曲，美妙的旋律婉转相续，相形之下，读这本书就如同坐在敞开式的小船里渡海，一会儿颠升，一会儿坠跌。这种上气不接下气的急促感，或许意味着她心有所惧，或许是怕人说她"多愁善感"，又或许是她想到女性的作品曾被讥诮为"花哨"，因而故意添加了些荆棘。

我并不能肯定她是独创一格，还是步"她人之尘"，直到我细读了某个片段。细读之后，我认为她并不会让读者乏味。但她堆砌了太多事实，以这本书的篇幅而言（大约只有《简·爱》的一半长度），一半素材都用不了。但她就是有办法让所有人——罗杰、克洛伊、奥莉维亚、托尼和比格汉姆先生——全部挤进一条溯流而上的独木舟。

等一下，我向后靠在椅背上说，在做出进一步评论前，我必须再谨慎一点，要全盘考虑。

我告诉自己，我几乎可以肯定玛丽·卡米克尔在跟我们耍花招。我的感觉分明像是坐过山车，就在以为车要俯冲下去时，它却骤然飞升。玛丽是在打乱这种预期的顺序。

她先打破了句法，又打乱了顺序。

好吧，只要她不是为了破坏而破坏，而是为了创造，她就有权一连打破两项传统。但究竟是为了破坏还是为了创造，我尚不能确定，除非她让自己面对一个特定的局面。我对自己说，我会给她一切自由，任她选择制造局面的手法，只要她愿意，用几个铁皮罐、旧水壶都可以，但她一定要让我信服，她确信那就是特定的局面；一旦做出了选择，她也必须直面那种局势。她必须投入。只要她向我尽作者之责，我就决意向她尽读者之责，就这样，我翻过一页，读了下去……

请原谅我唐突地打断一下。

没有男人出场吗？你能向我保证，那块红色窗帘后面没有藏着查特莱斯·拜伦爵士的身影？你敢肯定我们都是女人？

好吧，我要告诉你们，我接下来读到的是这样一句话："克洛伊喜欢奥莉维亚……"

先别表态，也别脸红。让我们在自己的圈子里私下承认吧，这种事时有发生。有时，女人确实喜欢女人。

我读到"克洛伊喜欢奥莉维亚"，然后突然意识到，这是多么巨大的转变。

在文学世界里,这可能是克洛伊第一次喜欢奥莉维亚。

克莉奥佩特拉不喜欢奥克泰维娅;但如果她果真喜欢,那《安东尼与克莉奥佩特拉》将会整个儿变样!

任由思绪暂时偏离《人生冒险》,我想到:会不会有人胆敢说出来——整出戏被荒谬地简化了,落入了窠臼。克莉奥佩特拉对奥克泰维娅只有一种情感,那就是妒忌。她比我高吗?她的发型是怎么梳理出来的?除此之外,这出戏大概也不需要别的情绪。

可是,如果两个女人的关系更复杂一点,那将是多么有趣啊。

我匆匆回顾了一下辉煌的小说长廊中的女性形象,心想,所有这些女人的关系都太简单了。还有太多内容被忽略了,从未被触及过。

我尽力回想自己读过的书中,是否有过两个女人的友谊。《十字路口的黛安娜》中有过这样的尝试。当然,在拉辛和古希腊悲剧中,她们是彼此的闺中密友;偶尔是母女。

但几乎毫无例外的是,她们的形象只有在与男人的关系中才能得到展现。想来真让人奇怪,在简·奥斯汀的时代之前,小说中所有的重要女性都是从异性的视角来看的,而且,只有在与异性发生关联的情况下,她们的形象才得

WOMAN READING N.D. / HENRI MATISSE

以显现。

然而，在一个女人的生活中，与男性的关系是何其微小的一部分啊；而男人对这种关系的了解又是何其浅薄啊，他们只会戴上"性"给予他们的黑色或粉色眼镜去打量两性关系。

也许就因为这样，小说中的女性形象才有一种特质，或是志得意满，或是不快乐；她们要么美得惊人，要么丑得出奇，要么如天使般善良，要么如魔鬼般堕落——但这些都是透过男人的眼睛看到的她，只是爱意渐浓或爱火渐熄的情人所感受到的。

当然，在十九世纪的小说家笔下并非如此，书中的女人变得更多样化了，也更复杂了。说真的，也许正是因为产生了书写女人的渴望，男人们才渐渐放弃了诗剧，因为诗剧过于激昂，很难施展女性形象，所以才发明了小说，作为更与之相宜的体裁。

即便如此，哪怕是在普鲁斯特的文字中，我们也能明显看出男人对女人的认识仍处处受限，一知半解，恰如女人对男人的认识。

我看着这一页，继而又想到，除了日复一日的家务事，女人也和男人一样对其他事物感兴趣，这是越来越明显的事实。

"克洛伊喜欢奥莉维亚。她们合用一间实验室……"我读下去，发现这两位年轻女士正忙着切碎肝脏，那似乎是治疗恶性贫血的良方。尽管她俩之一已结婚，并且有了两个小孩——我想我说的没错——但这些都必须省略不提；因此，小说中这幅出色的女性肖像又变成了寥寥几笔，太单调，太乏味了。

举个例子来说，我们不妨假设文学中的男性形象也只是作为女性的恋人出现，不曾是男人的朋友、军人、思想家或是空想家，那么，莎士比亚在戏剧中能指派给他们的角色必定屈指可数，文学世界岂不损失惨重！奥赛罗或许大体还在，安东尼也有所保留，但我们将失去恺撒、布鲁特斯、哈姆雷特、李尔王、杰奎斯——文学将会贫乏到不可想象的程度。

事实上，一直把女性摒之门外的文学世界也同样贫乏得难以估量。

她们违心地嫁了人，被关在家宅内，只有一件正事可做，剧作家又怎能充分、生动、逼真地塑造她们的形象？只有爱情，或许能担当她们的诠释者。诗人也不得不满怀激情，或满腹辛酸，除非他有意"厌恶女人"，而这往往意味着他对女人毫无魅力可言。

好，如果克洛伊喜欢奥莉维亚，她们又合用一间实验室，这就会让她们的友谊多姿多彩，并且更长久，因为这种友情不会过于围绕私人生活。

如果玛丽·卡米克尔知道如何去写，而我也开始喜欢她的独特文风；又如果她拥有一间属于自己的房间，这一点我倒不敢确定；再如果她每年能有五百英镑的收入，虽然这也有待证明——那么，我想，某种意义重大的事情已经发生了。

因为，如果克洛伊喜欢奥莉维亚，而玛丽·卡米克尔又知道如何表达，她就将在这间至今无人来过的大厅里燃起一支火炬。只见幽明的微光、黝黯的阴影，宛如秉烛走入蜿蜒洞穴，你会上下打量，不知踏向何方。

我又开始读这本书，读到克洛伊看着奥莉维亚把一只罐子放到架子上，并且说道，该回家看孩子去了。

我敢说，这可是创世以来从未有人见过的场景。

我也十分好奇,观望着这一幕。因为我想看看玛丽·卡米克尔会如何动笔,去捕捉那些未曾被记载过的手势,那些未被说出口或只说了一半的话,那是只有女人在场、没有被男人带着偏见的任性光芒照亮时才会自然而然呈现的,就像天花板上飞蛾的影子那样不易被察觉。

如果她真要这么做,就得屏息凝神才行,我一边读下去,一边对自己说;因为女人对任何动机不明的关注都有疑虑,又太习惯隐瞒和压抑,任何向她们投来的目光都会让她们闪躲。

我又忍不住对玛丽·卡米克尔说道,好像她就在我眼前:唯一的办法就是转移话题,说点别的事,目光凝望窗外,就这样,把发生在奥莉维亚身上的事记录下来——不是用铅笔记在笔记本上,而是要用最快的速记,甚至用没写完整的字词去记。奥莉维亚,这个在岩石的阴影下存在百万年的生物,感觉到光线落下来,看到眼前出现了一种陌生的食粮:知识、冒险和艺术。

我又一次将视线从书上移开,心想,她必会伸手去拿,也必会重新调配已高度发达,但用于其他目的的既有才智,将新知识容纳于旧知识,而且不会因此扰乱精妙复杂、无限延展的整体平衡。

Deux Espagnoles (1915) / Marie Laurencin

哎呀，我这不是做了自己决意不要去做的事嘛，不知不觉就在赞美女性了，未经三思；"高度发达""精妙复杂"，这些都是无法抵赖的赞美，而称赞自己的性别总是可疑的，也往往挺蠢的；更何况，这种事该如何评判呢？

谁也不能指着地图说哥伦布发现了美洲大陆，而哥伦布是个女人；也不能拿起苹果说牛顿发现了万有引力，而牛顿是个女人；更不能仰望天空，说飞机在上空飞过，而发明飞机的是女人。

墙上没有刻度，无法精确测量女性的高度；也没有毫厘分明的码尺能测量母亲有多么贤良、女儿有多么孝顺、姐妹有多么忠实、主妇有多么能干。

即使是现在，在大学院校有学分的女生也极少，包括陆军和海军、贸易、政治和外交在内的各行各业也几乎没有针对女性的资格考试。

直至今日,女性都不曾被明确地记载。

但如果我想了解,譬如说,别人都知道霍利·巴茨爵士的哪些事,我只需翻开《伯克名录》或是《德布雷特名录》[1]就能知道他拿过这样那样的学位,拥有一处宅邸,有一个继承人,是一个董事会的主管,出任过英国驻加拿大总督,还荣获了很多学位、官职、勋章和其他荣誉,以铭记其诸多不可磨灭的业绩。

关于霍利·巴茨爵士,除了上帝,再没有人知道得比这还多了。

所以,即便我说女人"高度发达""精妙复杂",也不能在《惠特克名录》或《德布雷特名录》或大学年鉴中得到证实。

身在如此困境中,我能做什么呢?我又把目光投向了书架。

---

[1] 类似年鉴手册,记录英国贵族或乡绅的家族史和个人情况。

1
劳伦斯·斯特恩
Laurence Sterne（1713—1768），英国感伤主义小说家，生于爱尔兰，后就读于剑桥大学。曾担任约克郡牧师。代表作：《项狄传》(*The Life and Opinions of Tristram Shandy, Gentleman*)。

3
威廉·乔因森·希克斯爵士
Sir William Joynson Hicks（1865—1932），英国保守党政客，曾任邮政大臣和内政大臣。1925年曾为女性争取平等投票权，1933年，他的传记作者写道，他承诺阿斯顿女士的这项法案提议实际上是其政敌丘吉尔所言，并无事实依据。但1928年他二度提出此项动议，将投票女性的年龄从30岁降至与男性投票资格相当的21岁。

2
威廉·柯珀
William Cowper（1731—1800），英国诗人，浪漫主义诗歌的先行者之一，擅长描绘日常生活和英国乡村场景，改变了十八世纪自然诗的方向。

上面还有几本传记:约翰逊、歌德、卡莱尔、斯特恩[1]、柯珀[2]、雪莱、伏尔泰、勃朗宁以及许多人的传记。

我开始思忖,所有那些伟人都曾出于这样或那样的原因,仰慕过、追求过女人,与她们一同生活,向她们吐露心中的秘密,向她们求爱,写下她们,信任她们,并且表露出——只能称之为对某位特定异性的——需要和依赖。

我不敢断言,这些关系都纯粹是柏拉图式的,但威廉·乔因森·希克斯爵士[3]应该会否认吧。但如果我们认定这些男人从这些关系中得到的仅仅是欢愉、谄媚和肉体的愉悦,那未免冤枉了这些显赫的大人物。

他们得到的,显然,是他们的同性所无法提供的东西;进一步说,是一种刺激,是只有女人的天赋才能给予的创造力的更新,这样的界定应该不算轻率,也无须征引诗人言之凿凿的狂言。

我想到:他打开客厅或育婴室的房门,就会看到她被孩子们团团围住,膝头或许还搁着一方刺绣——不管怎样,这个世界和他所在的法庭或下议院的那个世界之鲜明对照,生活秩序、生活体系的核心之截然不同,都会立刻带来崭新的面目,令他神清气爽;接下来,哪怕在最简单的家常闲谈中,也会出现天然不同的见解,足以滋润他本已干涸的脑海,思路焕然一新;他看到她用另一种方式创造了一番天地，而那与他自己的方式迥然相异，他的创造力也陡然活跃起来，不知不觉，呆滞的头脑又开始布局谋篇，浮现出的词句或场景都是他戴好帽子、动身去见她前百思而不得的。

每一位约翰逊都有他的斯雷尔[1]，出于诸如此般的原因对她不离不弃，后来，斯雷尔嫁给了她的意大利音乐教师，约翰逊差点发了疯，又恼又恨，那不只是因为他不能再在斯特里特汉姆度过良宵了，还因为他的生命之光"仿佛熄灭了"。

即便不是约翰逊博士，不是歌德、卡莱尔或伏尔泰这般大人物，我们依然可以感觉到女人有高度发达的创造才能，感受得到那种天然的复杂性。

必须穷尽英语的运用，新鲜词汇也必须不合常理、打破常规地插翅飞来，女人才能说出她走进房间时发生了什么。

1
斯雷尔
Hester Lynch Thrale（1741—1821），本姓 Salusbury，二婚后改姓 Piozzi，英国日记体女作家，艺术赞助人。

房间与房间大不相同，
有的安静，有的喧嚣；
有的面朝大海，或正相反，正对监牢大院；
有的挂满洗净的衣物，有的被猫眼石和丝缎装点
得生机勃勃；
有的像马鬃般坚硬，有的如羽翼般轻柔。

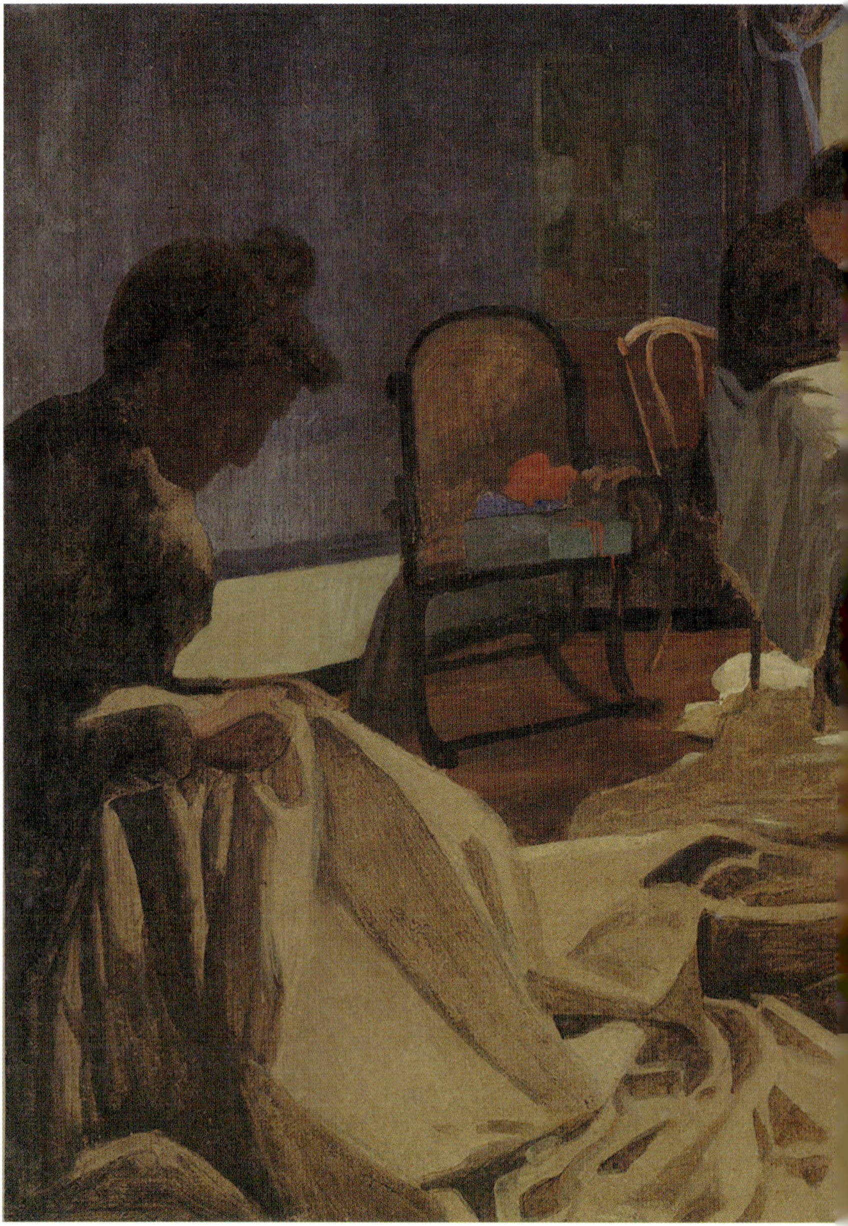

The Laundress, Blue Room (1900) / Félix Vallotton

GIRL WRITING N.D / MILTON AVERY

Flowers in front of a Window (1922) / Henri Matisse

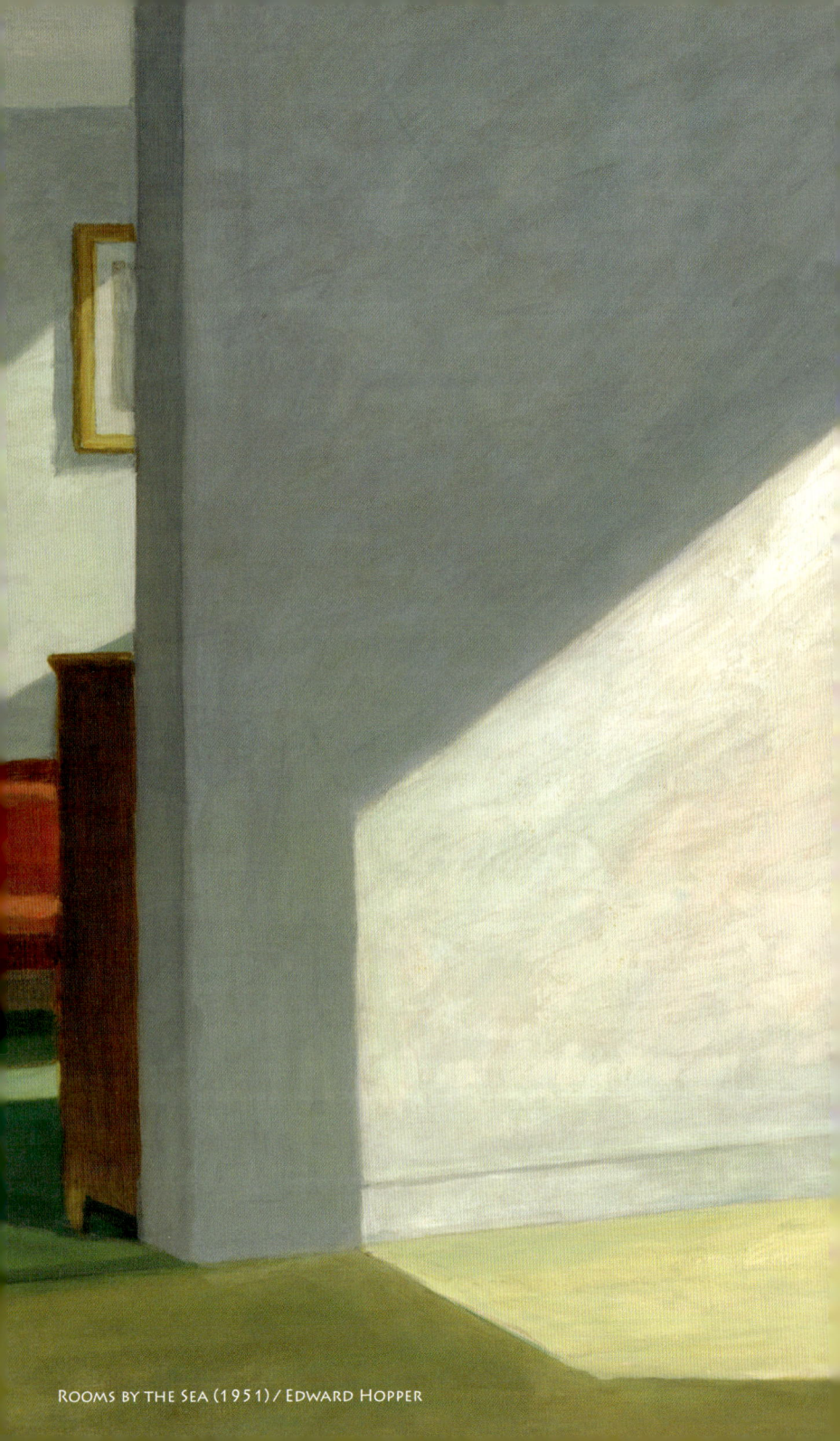

Rooms by the Sea (1951) / Edward Hopper

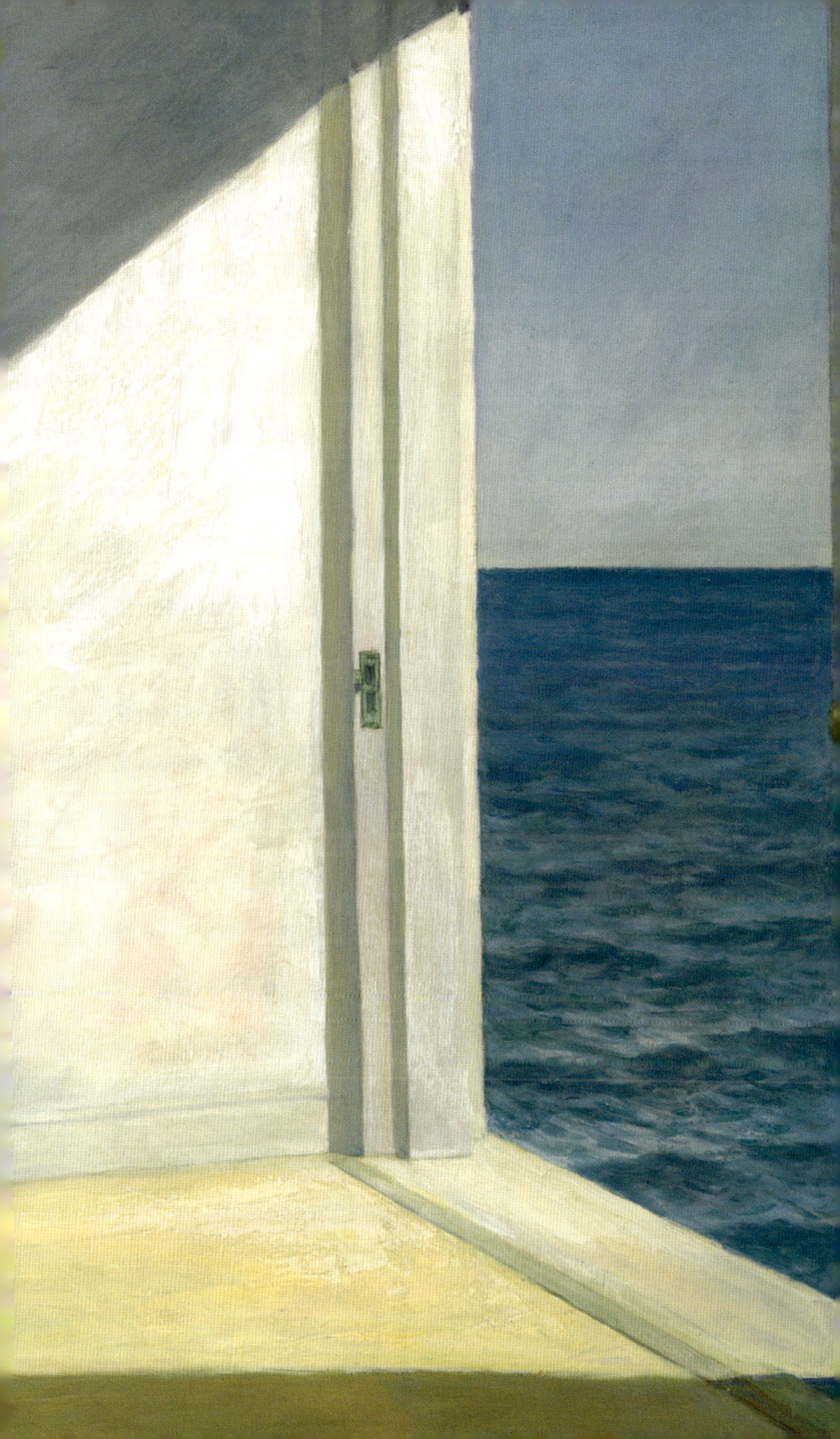

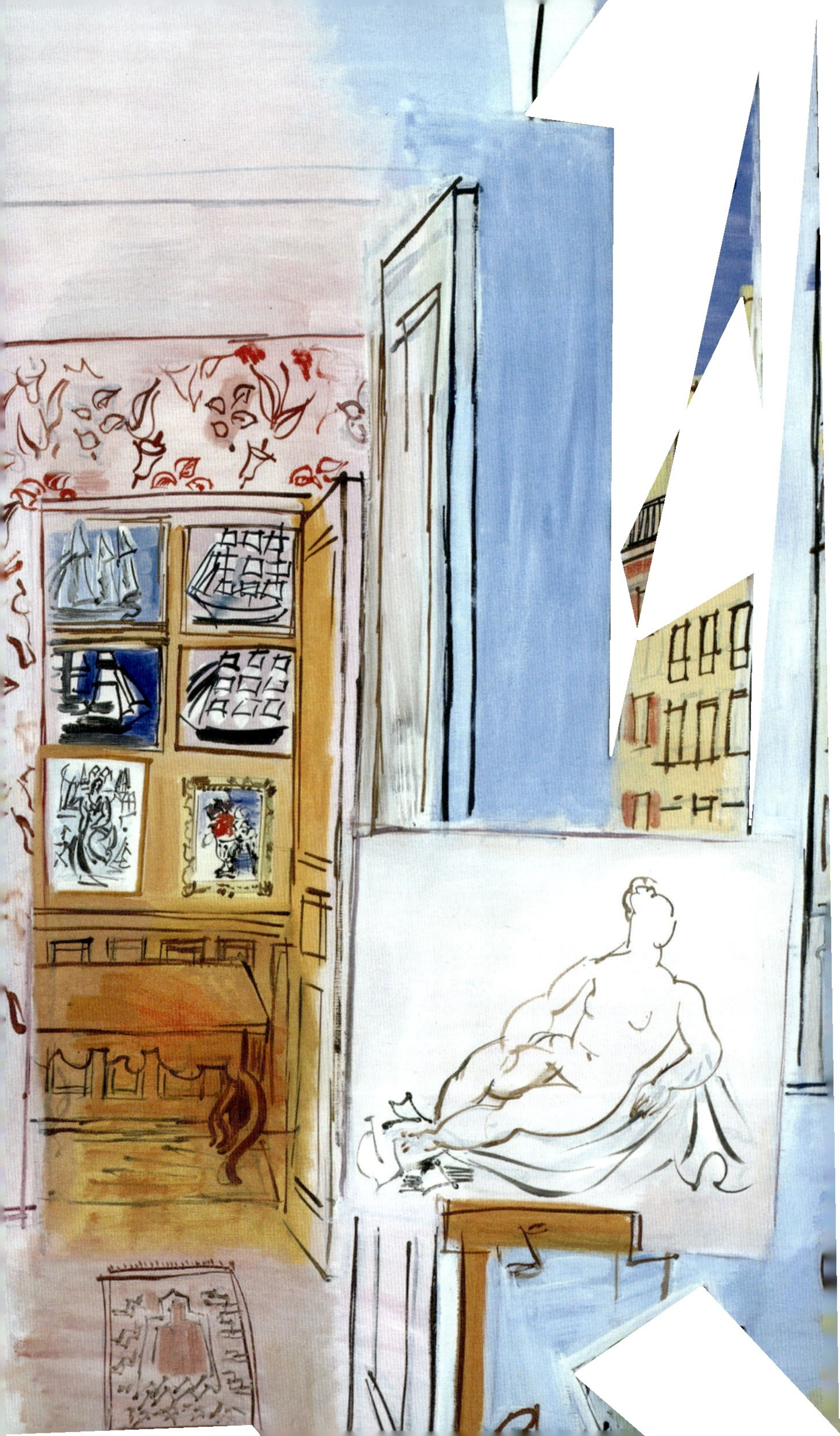

The Artist Studio (1935) / Raoul Dufy

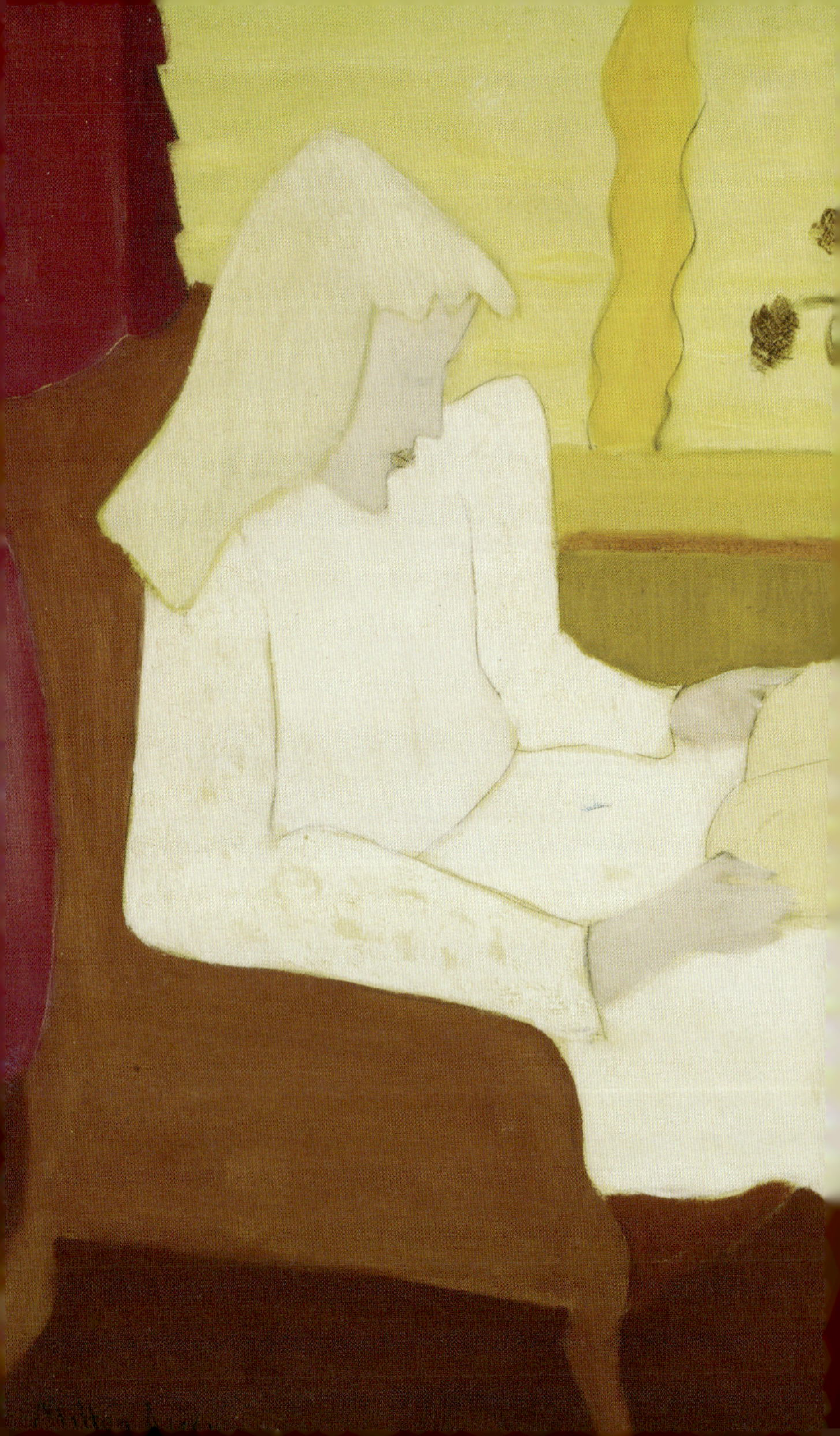

ADOLESCENCE (1947) / MILTON AVERY

Woman Reading at the Window n.d. / Marius Borgeaud

INTERIOR WITH CAT (1918) / MARIUS BORGEAUD

Le génie bonhomme (1958) / René Magritte

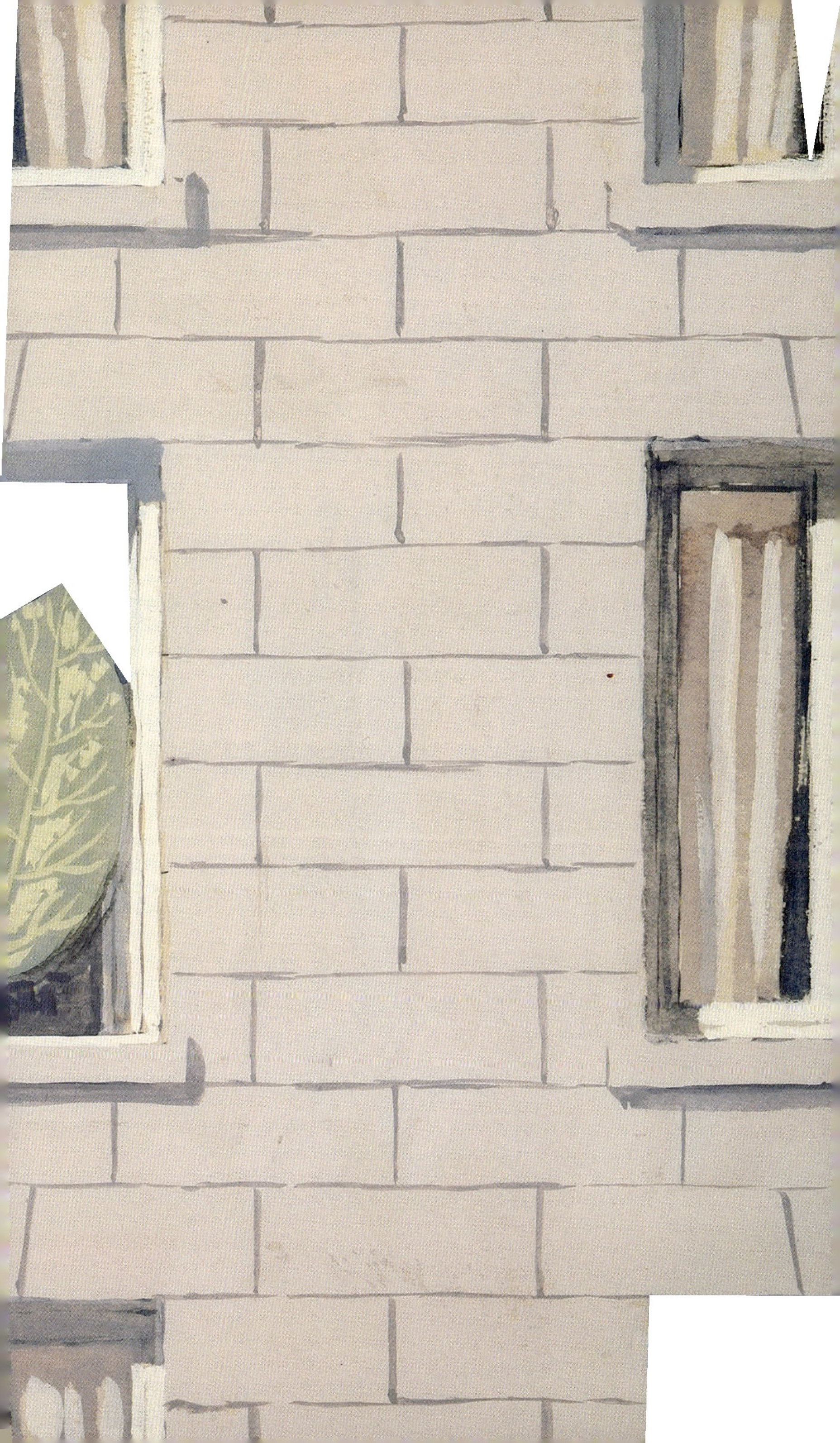

只消走进任何一条街上的任何一间屋子,那种极其复杂的女性力量就会一股脑儿地扑面而来。

哪里会有别的可能?千百年来,女人一直深居屋宅,时至今日,房间的四壁早已浸透了她们的创造力,其实,砖石灰泥早已不堪重负,这股力量不得不诉诸笔端,或写或画,或从商,或从政。

但女人的创造力和男人的完全不同。

我们必须断言,这种创造力若因受阻、因荒废而无法发挥,那真是太可惜了,因为那是历经了千百年最严苛的管束后所赢得的、无可取代的力量。

如果女人像男人那样写作,像男人那样生活,看上去也像男人,那也太可惜了,因为,既然男人女人各有不足,世界又如此辽阔丰富,一种性别何以成事?难道教育不该彰显差异、突出个性,而非舍异求同吗?毕竟,我们的相似之处已太多了,如果有位探险家探险归来告诉我们,还有另一种性别的人,正从不同的枝叶间仰望另一片天空,岂不是对人类作出了更大的贡献?如果碰巧看见某教授为了证明自己的"优越"而冲去取来他的标尺,我们岂不是乐不可支?

目光仍盘桓在书页上方,我在想,玛丽·卡米克尔只会作为旁观者来处置她的作品。我真的认为她会变成自然主义小说家——我觉得这一类不太有趣——而不是偏重思考的那一类。

有这么多新鲜事物要她观察。她不必再把自己困在中上阶级的豪宅中，尽可坦然走进那些香气扑鼻，坐着交际花、娼妓、抱着哈巴狗的太太的小房间，而不必心怀慈悲，或觉得纡尊降贵；她们将仍然披着男作家们硬要搭在她们肩头的粗陋成衣，但玛丽·卡米克尔一定会拿出自己的剪刀帮她们修裁，乃至每一处起伏都熨帖合体。

等她改完，我们就将一睹这些女人的真面目，那必将是很新奇的场景，但我们还得再等一会儿，因为玛丽·卡米克尔仍被自省所觉察到的"罪恶感"牵绊，那是野蛮的传统性别意识遗留给我们的。

她的双脚仍被古老、粗鄙的阶级脚镣束缚着。

不过，大多数女人既非娼妓也非交际花，也不会在每一个夏日午后枯坐如钟，把裹在落满尘埃的绒布里的哈巴狗紧紧抱在怀中。

那她们会做些什么呢？

我的脑海中浮现出某条长街，鳞次栉比的房屋里住满了人，河边南岸有很多这样的街巷。在想象中，我仿佛看见一位年迈的老妇人缓缓走来，挽着身旁的中年女子，那或许是她的女儿，两人的靴子、毛皮大衣都很讲究，午后如此盛装一定是她们生活中的某种固定仪式,这些衣物在夏季必定被收纳在衣橱里,叠放整齐,夹了樟脑,年复一年。

她们穿过街道时,路旁的灯一盏一盏点亮了(因为她们最喜欢的正是薄暮时分),想必她们年复一年都是如此。

年长的老妇快八十岁了,要是有人问她,一生对她而言意味着什么,她会告诉你,她记得那些街巷曾为巴拉克拉瓦一战而灯火辉煌,或者,说她曾听到海德公园里为爱德华七世庆生时鸣响的礼炮声。

但是,要是有人希望搞清楚究竟是在什么季节、什么日子、什么时分,再问她在1868年的4月5日或1875年的11月2日做了什么,她肯定会茫然地回答,她什么都不记得了。

因为一餐又一餐的饭菜都煮好了,锅碗瓢盆都洗刷干净了,孩子们都送去了学堂,长大成人就离开家,踏上社会。

所有这些事,什么都没留下,一切消失殆尽。传记或历史对此不着一言。至于小说,都不可避免地撒了谎,哪怕不是故意的。

所有这些默默无闻的生命,仍有待记载,我对玛丽·卡米克尔说,好像她就在这儿。

我的思绪继续穿行在伦敦的大街小巷,在想象中,感受沉默的压力,未曾记载的生活无声堆积,或许来自街角叉腰而立的女人，戒指嵌在她们肿胀的手指上，说起话来比手画脚，好像在用莎士比亚剧中的台词；或许来自卖紫罗兰的姑娘、卖火柴的女孩和坐在门洞下的老太婆；又或许来自逛来逛去的姑娘们，她们的脸色如阳光或乌云下的海浪，暗示着男人或女人的靠近，映照出商店橱窗里闪烁的灯光。

所有这一切，你都要去探究，我对玛丽·卡米克尔说，要握紧你手中的火炬。

首先，你必须照亮自己灵魂的深刻与浅薄、虚荣与宽宏，说出你的美貌或平庸对你意味着什么，以及你与这个变动不休的世界——这个充斥了摇来晃去的鞋袜手套等各色物品，浸淫在药剂瓶中散发出的淡淡香氛中，铺着人造大理石地板、头顶穹顶长廊的布料市场——有何关系。

在想象中，我走进了一家商店，地面铺成了黑白两色，四处挂满了美

Fashion Store (1914) / August Macke

得令人惊叹的五彩缎带。我想,玛丽·卡米克尔若是走过,也该进来瞧瞧,因为这幅场景太适合用笔墨描绘了,俨如白雪皑皑的山峰或岩石林立的山谷最匹配安第斯山脉的景致。而且,柜台后还站着一个女孩——我会乐于写出她的真实故事,就当作是拿破仑的第一百五十本传记,或是第七十部研究济慈,以及老教授Z之流正在撰文论述的济慈笔下的弥尔顿式倒装句法的著作。

然后,我会非常小心地踮起脚尖走路(胆怯如我,实在害怕曾差点儿打到我肩头的那一鞭子),小声地说出:她也应该学会对异性的虚荣一笑了之——也不妨说是他们的"特性",这个词大概不太容易得罪他们——千万别带着苦涩。

The Poet Reconpensed (1956) / René Magritte

因为人人脑后都有一先令大小的部位

是自己永远看不到的。

两种性别间的互惠互助之一，便是为彼此描述这后脑勺上一先令大小的部位。

想想吧，女人从尤维纳利斯[1]的言论、斯特林堡[2]的批评中得到怎样的裨益。想想自古至今的男人是多么仁慈、多么明智地指出了女人脑后的隐秘部位！

如果玛丽够勇敢，也够诚实，她就该绕到男人的身后去，告诉我们她发现了什么。除非有女人描述出这一先令大小的部位，否则，永远不可能得到一幅真实、完整的男人形象。伍德豪斯先生和卡苏朋先生[3]就代表了这种部位的大小及本质。

当然，没有任何头脑正常的人会怂恿她故意去讥讽和嘲弄——文学始终能证明，怀着这种心机写下的文字是一无是处的。

常言道，人要诚实，结果就必定格外有趣。喜剧必定会越来越丰富。

1
尤维纳利斯
Juvenalis（约60—约140），古罗马讽刺诗人。

2
奥古斯特·斯特林堡
August Strindberg（1849—1912），瑞典作家。瑞典现代文学的奠基人，世界现代戏剧之父。代表作：剧本《父亲》(The Father)、《朱丽小姐》(Miss Julie)，长篇小说《红房间》(The Red Room)等。

新鲜事物必定会被揭示。

不过，也该把注意力重新集中到这本书上了。与其去揣测玛丽·卡米克尔会怎样写、该怎样写，更应该看看她到底写了些什么。

因此，我继续读下去。

我想起自己曾对她有些许怨言。她打破了简·奥斯汀的句式，让我无法炫耀自己无可挑剔的鉴赏力、难以取悦的耳朵；也无法徒劳地说"是的是的，这很不错，但简·奥斯汀写得比你好得多"，因为我不得不承认，她们两人毫无相似之处。

她又更进一步，打乱了叙述的顺序——我们期望看到的顺序。也许她是无心为之，只是像女人会做的那样，并且像女人那样去写，让叙述顺其自然。但结果多少让人困惑，我们看不到波涛涌起，危机将至。因此，我也无法炫耀自己洞察世情之深刻，

3 这两位先生分别是乔治·艾略特的小说《米德尔马契》、简·奥斯汀的小说《爱玛》中的人物。

知人心性之深邃。

每当我即将在合乎常理之处感受到合乎常理的物事，诸如爱情或死亡，那个恼人的东西就会把我拽住，好像至关重要的节点还在前方。这样一来，她又害我无法高谈阔论，堂而皇之地说出"基本的感情""人性共通之处""人心深不可测"之类的词句，以及所有那些支撑我们相信自己在心底——哪怕表面看来或许挺机灵的——是极其严肃、极其深刻、极其慈悲的说辞。

她却让我觉得我们根本不严肃、不深刻、不慈悲，恰好相反，人人都可能思想怠惰，因循守旧——这个想法实在不太吸引人。

但我读下去，注意到了另一样事实。

她并非"天才"——这太明显了。她没有对大自然的热爱，没有炽烈的想象力，没有不羁的诗情，没有绝妙的机智，没有像温切尔西夫人、夏洛蒂·勃朗特、艾米莉·勃朗特、简·奥斯汀、乔治·艾略特那些伟大前辈的深邃智慧；她无法像多萝西·奥斯本那样带着乐律和尊严去写作。

说真的——她不过是个聪明的姑娘，不出十年，她的书就会被出版商化为纸浆。

尽管如此，跟半个世纪前那些比她更有天赋的女作家相比，她还是有优势的。

在她这里,男人不再是"强烈阻挠的那一派",她无须耗费时间去责怨他们,她不必因为憧憬远方、历练、因为渴望了解将她拒之门外的世界和众生,而在爬上屋顶后失去平和的心境。恐惧和仇恨也几乎都消弭了,或许,残余的痕迹只会流露在她面对自由时稍显夸张的喜悦,或是在她刻画男人时更倾向于用刻薄的讽刺口吻,而非浪漫的笔触。

所以,作为一个小说家,她无疑有得天独厚的优势。

她的感知力非常宽广、热切、自由,纤毫之微都会触动她的心弦;就像一株刚刚破土而出的植物,立在半空,尽情接纳扑面而来的每一个景象和声音。她的感知力会非常好奇、非常精妙地游走在几乎不为人知、也不曾被记载的事物之间;偶然发现了细微之物,就会向我们证明:那或许根本不是微不足道。她的感知力让尘封已久的东西重见天日,引发人们去质问:埋藏它们究竟有何必要。

尽管她有些笨拙,也不像萨克雷或兰姆那样无需刻意就能与悠久的传统一脉相承,笔尖轻转就能写出悦耳的文字,她只是——我思考起来——掌握了重要的第一课:身为女人而写作,但是一个已然忘怀自己是女人的女人;因此,她的字里行间充满了新奇的女性特质,那是没有意识到自身性别的存在时才能尽显无遗的本质特征。

所有这些都是朝好的方向发展的。但，除非她能抓住倏忽而去的瞬间和个人体验，以此建起屹立不倒的大厦，否则，再丰富的情感、再敏锐的洞察力都无济于事。

我说过，我要等她面对某种"特定的局面"，意思就是要等她开动思虑、调度忆想，证明她不只是个浮光掠影的看客，而能够透过表象，窥见事物的深奥之处。

她会在某个时刻对自己说，就是现在，我无需声色俱厉就能揭示出这一切的意义。然后，她就会开始开动思虑、调度忆想——脑际的活跃是多么确凿！——那些快被忘记、可能在别的章节中被疏忽的、非常琐碎的小事就会浮现在记忆中。

她会让那些事在某个人物缝缝补补或抽上一袋烟的时候尽可能自然地鲜活起来，并且继续写下去，读者就会觉得自己仿佛登上山巅，俯瞰整个世界徐徐铺展，蔚为壮观。

无论如何，她在做这样的尝试。

我看到她在施展手脚，迎接挑战，我也注意到了——但愿她别看到——那群主教、教务、博士、教授、一家之长和老学究们都在对她大喊大叫，发出警告，提出建议：

你不能这样，你不该那样！

只有研究员和学者才能踏入草坪！

没有介绍信女士不得入内!

有抱负、有风度的女小说家们请走这边!

他们就像在围栏外看赛马的聒噪看客,对她指手画脚,她必须经受考验,罔顾左右,心无旁骛地越过障碍。

我对她说,只要你停下脚步去咒骂,你就输定了;停下脚步去笑他们,你也一样输定了。犹豫不决,笨手笨脚,你都会输。

全神贯注地策马腾跃吧,我恳求她,好像我把全部家当都押在她身上了。

她像鸟儿一样,飞越了障碍。

可前面还有一道障碍,再往前还有一道。

我不能肯定她有足够的耐力坚持到底,因为掌声和呐喊让人心烦意乱。

但她尽力了。

想想吧，玛丽·卡米克尔并非天才，不过是个默默无闻的姑娘，在卧室兼起居室的房间里写她的第一部小说，也没有充足的时间、金钱和闲暇等等优越条件，我想，她已经做得很不错了。

我读到了最后一章，有人拉开了客厅的窗帘，人们的鼻子和赤裸的双肩在星空下一览无余；我也在心里得出了结论：==再给她一百年，给她一间自己的房间，每年给她五百英镑，让她畅所欲言，把她现在写进书里的东西省去一半，她就会写出一本更好的书。==

再过一百年，她会成为诗人。这样说着，我把玛丽·卡米克尔的《人生冒险》放回了书架的顶端。

6

第二天，十月的晨光洒在拉起帷帘的窗前，照出一缕缕飞扬的微尘，从川流不息的街上传来嘈杂声。伦敦的发条又上紧了，工厂喧腾起来，车床在轰鸣中开动。

读了这些书后，我忍不住望向窗外，看看1928年10月26日清晨的伦敦在忙碌些什么。

那么，伦敦到底在做什么呢？

看起来，没有人在读《安东尼与克莉奥佩特拉》。看起来，伦敦对莎士比亚的剧作完全无动于衷。根本没人——我不怪他们——关心小说的未来、诗歌的消亡,或是一名普通女性发展出了一套倾诉她所思所想的散文文体。

哪怕用粉笔在人行道上把这些一一写下,也不会有人肯停下来细看。用不了半小时,匆匆而过的漠然脚步就会把字迹蹭得一干二净。

一会儿走来一个跑腿的年轻人,一会儿走来牵着狗的妇人。

伦敦街巷的迷人之处就在于此,你绝对找不到两个相似的人。

每个人似乎在忙各自的私事。有几个提小公文包的像是业务员;有几个流浪汉手拿棍子,把庭院的栅栏敲得当当响;还有些殷勤的人好像把街巷当成了他们的俱乐部,对马车里的人高声招呼,不待人问及就讲起了八卦;也有送葬的队伍经过,让人不由联想到自己的遗体有朝一日也会如此经过,便不禁脱帽致哀;后来,还有一位气度不凡的绅士缓步走下门阶,暂停片刻,以免撞上一位手忙脚乱的夫人,她不知用什么办法弄到了那样光彩夺目的皮毛大衣,手里捧着一束帕尔玛紫罗兰。

他们看上去都互不相干,只关注自己,各忙各的事。

此刻,一切往来的车辆戛然而止,喧嚣骤歇,这在伦敦是常事。街上没有动静,没有人经过。

STREET LAFAYETTE (1891) / EDVARD MUNCH

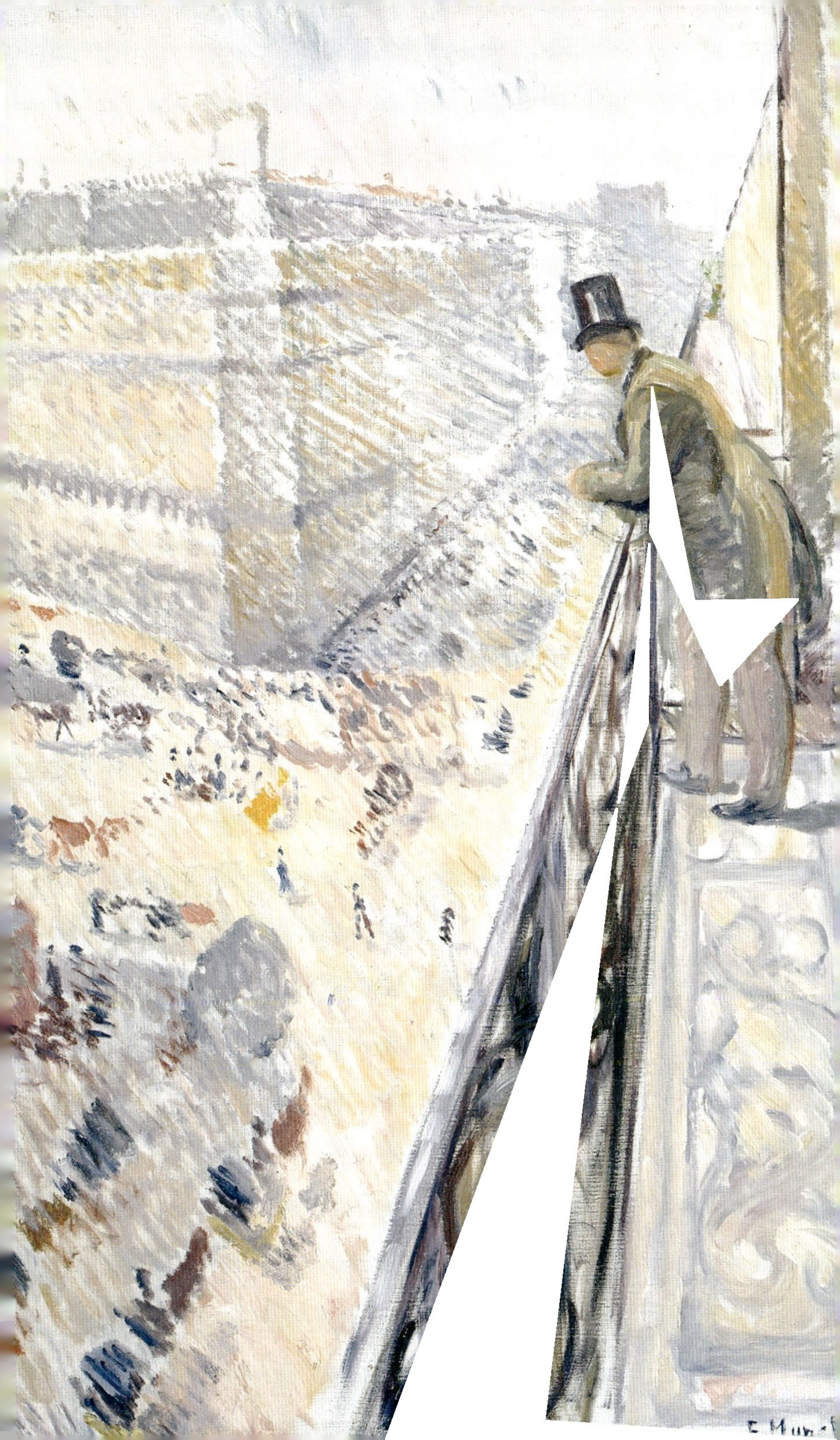

一片树叶从街尾的梧桐树上掉落，恰在这个停止的瞬间徐徐飘落。

不知为何，它就像从天而降的征兆，指向那些被我们忽视的物事所潜藏的力量。

它好像指向了一条河，看不见的河，流过这里，转过拐角，沿街而下，顺流裹挟路人，就像牛桥的河水送走了泛舟的学子、枯落的树叶。

现在，它送来了一位穿着漆皮靴的姑娘，从街那边斜穿到这边，而后是个身着褐红色外套的年轻男子，接着，它还送来了一辆出租车，并将这三者汇合到一处，刚好就在我的窗下。出租车停下了，姑娘和年轻男子也停下了，他们上了车，出租车便悄然而去，就像被水流冲去了别处。

这实在是司空见惯的一幕，奇特的是，我的想象力赋予它一种富有韵律的秩序。两个人上出租车，如此普通的一幕也有一种力量，能向我们传递出一种事实：他们看上去是心满意足的。

看到两个人沿街走来，在街角相遇，似乎能缓解思虑的紧张，我这样想着，望着出租车驶过街角，不见了。

或许，我这两天所思考的——把一种性别与另一种性别区分开来——是件费心的事。这让我心力涣散，有违心智的统一。但是，看到两个人走到一起，上了一辆出租车，费心的感觉消弭了，心智恢复了统一。

头脑显然是个极其神秘的器官，我将视线从窗外移回来，想到我们对它其实一无所知，却时时刻刻依赖它。

为何我会感到心有所隔绝、有所对立，就像身体明显有病恙时，就会感觉紧张？"心智的统一"又是什么意思？

我沉思了一番，因为，心智显然有一种巨大的力量，能随时随地集中心力思考问题，似乎并没有所谓单一的状态。

心智可以把自己与街上的人群隔开，譬如，想象自己和他们保持距离，正从楼上的窗子俯瞰他们；也可以与别人一起，同时同地地思考，譬如，身在人群中等待聆听新闻播报。心智可以借由自己的父辈或是母辈回顾往昔，就像我之前说的，写作的女人可以借由母亲，反思过去。

身为女人，常常会因为意识突然分裂而感到吃惊，譬如，走在怀特霍尔大街[1]上，明明是那种文明理所当然的继承者，她却突然变成了格格不入的圈外人，爱批评的人。显然，心智的聚焦点总在变换中，将世界置于不同的角度。

不过，某些心境会让人不太舒服，哪怕那是自然而然产生的。为了让自己保持那类心境，人们会在无意间有所克制，长此以往的压抑，就会费心伤神。当然，或许也有某些心境是毫不费力就能保持的，因为不需要克制什么。

我从窗边走回来时心想，这大概就是其中之一吧。因为看到两人上了出租车后，我一度割裂涣散的心思似乎又合拢，再度自然融洽。

显而易见的原因在于：

[1] Whitehall，伦敦街名，连接议会大厦和唐宁街，这条街上多为官方机构。

2
柯勒律治
Samuel Taylor Coleridge（1772—1834），英国诗人、评论家。代表作：文评集《文学传记》（*Biographia Literaria*），诗歌《古舟子咏》（*The Rime of the Ancient Mariner*）、《忽必烈汗》（*Kubla Khan*）。

两性之间本该和睦相助，这是极其自然的事。哪怕不太理性，内心深处的直觉也会让我们相信，男人和女人的结合会给人完整的满足和幸福。

但看到那两人上车，并且带动出满足感，却不禁让我想到，心智是否也有两性，对应了身体上的男女之别？不同性别的心智是否也该结合，才会带来完整的满足和幸福？

于是，我不揣浅陋地勾勒起灵魂的草图，让每个人的灵魂中都有两股力量，一方为男性，一方为女性；在男人的心智中，男性力量压制了女性力量，而在女人的心智中，女性力量战胜了男性力量。这两种力量和谐相处、精神契合时，人就会处在正常又舒服的状态。身为男人，心智中的女人也要发挥效力；身为女人，也要和她心中的男人默契神交。

柯勒律治[2]说过，伟大的头脑是雌雄同体的，应该就是这个意思。

只有达成这种融洽，心智才能富饶，各种才智才能发挥得淋漓尽致。我想，纯粹的男性头脑恐怕无法创作，同样，纯粹的女性心智也一样。

最好还是稍停片刻，看一两本书，再来检验何为"女性化的男人"，或是反过来，"男性化的女人"？

柯勒律治所说的，伟大的头脑是雌雄同体的，当然不是说这种头脑对女性特别有同情心，格外为女性着想，或是为她们立言。跟单一性别的头脑相比，雌雄同体的头脑大概反而不太会做出这种区分。

他应该是在说：雌雄同体的头脑自有共鸣，易于渗透；因而，情感可以毫无阻碍地沟通、传递；它天生就富于创造力，激情闪耀，浑然一体，没有隔阂。

事实上，我们不妨回想一下，虽然我们很难说清莎士比亚如何看待女性，但莎士比亚的心智就是雌雄同体的典型，是女性化的男性头脑。

如果说，心智完全发达的特征之一就是不用孤立的眼光特殊对待某种性别，那么，现在比过去更难达到这种境界了。

我已来到在世作家的作品前，驻足默想，莫非这就是一直以来让我困惑的症结所在？

在我们这个时代，性别意识尤其尖锐，之前的任何时代都无法堪比，男人议论女人的著作在大英博物馆里堆积如山便是铁证。

这无疑要怪罪于女性参政运动：那势必让男人有了自我肯定的强烈欲望，也势必让他们更看重自身性别及其诸多特质，要不是受到了挑战，他们才懒得为此费神。哪怕挑衅者不过是几个头戴黑色软帽的女人，他们只要被挑衅了就会还击；如果以前未曾迎受这等挑战，他们甚至会反应过度，变本加厉地还以颜色。

这或许可以解释我在某本书里体会到的一些性格特征，想到这儿，我从书架上取下 A 先生最新出版的小说，他年轻有为，显然广受评论家的好评。

我翻开那本书。又读到男作家的作品确实让人愉快。相比女作家的书，男作家的更直白，更坦率。这一点表明了他心智的自由，人格的自主，并有坚定的自信。看到这样的头脑——汲取了充足营养，接受过良好教育，享有充分自由，并且从未被阻挠或反对过，从其诞生之初就自由成长——会让人有种身心健全的舒畅感。这让人又赞赏又羡慕。

但读了一两章之后，我似乎看得到书页上斜贯一道阴影。

如同一道笔直的黑杠，形似大写字母"I"。

你只有左右挪移，才能看到这阴影下的景色：那到底是一棵树，还是一个女人正在走来？

我不能确定。

这个"I"始终挡在你眼前。你开始厌倦这个"I"。

虽然这个"I"是最受人尊敬的人物：诚实，通情达理，坚定不移，几百年来的良好教育和素养将之打磨得光彩照人；我打心底尊重、仰慕这个"I"；但——我又翻过了一两页，想找到些别的内容——最糟糕的是，一切都在这个"I"的阴影里，如坠雾中，无形无状。

那是树吗？

不，那是个女人。

不过……我总觉得，她的身体里似乎没有骨骼，我看着菲比——那是她的名字——走过沙滩。然后，艾伦站了起来，他的身影立刻遮住了菲比。因为艾伦有自己的见解，菲比则被淹没在他洪水般的见解中。而且，我还觉得艾伦有激情。

我匆匆翻过了一页又一页，预感到危机即将爆发，果然如此。

危机就爆发在阳光下的沙滩上，毫无遮拦，气势十足，再没有比这更不得体的了。

不过……我已经说了太多"不过",不能再这么继续下去了,我自责道,你怎么都得把话说清楚。那就直说吧:"不过——我烦了!"

可为何我会心生厌烦?

一来是因为那个大写的"I"无处不在,乏味至极,就像一棵参天的山毛榉,伫于它自己投下的巨大阴影中。阴影中,什么也无法生长。

二来是有更隐晦的原因:A 先生的心里似乎有些障碍,某种羁绊,阻碍了创造力的源泉,将其限制在狭小的流域里。

我想起牛桥的那顿午餐,弹落的烟灰,无尾的曼岛猫,以及丁尼生和克里斯蒂娜·罗塞蒂,一切都纠缠在一起,所谓的羁绊大概就在其中。

菲比走过沙滩时,他已不再低吟"一滴璀璨的泪珠落下,自门前怒放的西番莲",而艾伦走近时,她也不再对以"我的心如歌唱的鸟儿,巢栖溪畔的枝头",那么,他能怎么办?

他像白昼一样磊落,像太阳一样合理,所以他只能做一件事了;而且是一而再,再而三(我边翻动书页边说)地继续做下去,为了尽显他的正大光明。

我还要补充一句,那种自白本质上就是招人厌的,而他意识到要如此自白,不知为何,就似乎很让人感到乏味。

莎士比亚的不雅之处让人们忘记了无数心事,毫无乏味之感。但莎士比亚那么做是为了取乐,而A先生这么做是故意的,就像保姆们常说的那样。

他是为了抗议。他坚持自己更优越,以此抗议女人与他平起平坐。

他就是在这里被阻碍、被抑制的,因而爆发了自我意识;假如莎士比亚也认识克拉夫小姐和戴维斯小姐[1],恐怕也会和他一样。

毫无疑问,女权运动要是在十六世纪,而非十九世纪就兴起,那么,伊丽莎白时代的文学必将大不一样。

如果头脑共有两性的理论站得住脚,那么,所谓的男子气概,如今已变成了男人的自我意识,也就是说,他们如今写作时只用头脑中男性的那

[1] Miss Clough & Miss Davies,女性教育的推动者,分别担任剑桥纽纳姆女子学院和格顿学院的院长。

一面。

女人去读这样的书,那就错了,因为那就是缘木求鱼,她所寻求的必然是找不到的。

我们最欠缺的就是启迪人心的力量,我这样想着,捧起了评论家B先生的诗歌艺术评论集,非常谨慎而负责地读起来。

这些文章固然都很出色,言辞犀利,旁征博引,可问题在于:他的情感并未能传达出来,他的头脑里好像筑起了一格格的小隔间,任何声响都无法从一间传到另一间。

因此,谁要是记下B先生的某个句子,句子便会砰然落地——死去了。但如果把柯勒律治的句子记在心上,那个句子会爆裂,牛发出各式各样的想法,我们尽可断言:唯有这样的写作,才拥有永恒活力的奥义。

但不管原因何在,这必定让人扼腕叹息。因为这意味着在世的伟大作家——此时我走到了高尔斯华绥先生[1]和吉卜林先生[2]的几排书前——部分最优秀的作品恐怕都难觅知音。

评论家们信誓旦旦地说那些书中蕴藏着永生之源泉，但女性无论如何努力都无法在书中找到。这不仅是因为他们赞颂的是男性的美德，强调的是男性价值观，描写的是男人的世界，更因为渗透在这些书中的感情是女人不可能领会的。

还远远没到结局，人们就开始说：这种感情要来了，在酝酿了，呼之欲出了。这样一幅画面就将落到老朱利昂[3]的心中：他将死于震惊，老牧师将为他念几句哀悼之词，泰晤士河上的所有天鹅都将齐鸣悲歌。但没等这一切发生，我们就已逃走，躲进了醋栗树丛，因为这种对男人来说如此深厚、如此微妙、如此富于象征性的感情，却顶多令女人惊讶、迷惑而已。

1
约翰·高尔斯华绥
John Galsworthy（1867—1933），英国小说家、剧作家，1932年诺贝尔文学奖得主，二十世纪初期英国现实主义文学的代表作家。代表作：《福尔赛世家》（*The Forsyte Saga*）三部曲、《现代喜剧》（*A Modern Comedy*）三部曲等。

2

约瑟夫·鲁德亚德·吉卜林 Joseph Rudyard Kipling（1865—1936），英国小说家、诗人，1907年诺贝尔文学奖得主。代表作：诗集《营房谣》(*Barrack Room Ballads*)、小说集《生命的阻力》(*Life's Handicap*)和动物故事《丛林历险记》(*The Jungle Books*)等。

3

Old Jolyon，高尔思华绥所著《福尔赛世家》中的人物。

吉卜林笔下一个个掉头跑开的军官也是如此，还有那些播撒种子的"播者"、独自工作的"男人"，还有"旗帜"都是这样——引号内的词都是首字大写的，读者看了会面孔发红，好像在偷听只限男人参与的狂欢时被逮了个正着。

事实就是，高尔斯华绥先生也好，吉卜林先生也好，他们没有一星半点儿的女性气质。因此，假如可以一言以蔽之的话：他们的特征在女性眼里似乎是粗糙的、不成熟的。他们的作品缺乏启迪的力量。一本书若是不能给人启迪，无论它具有多强的震撼心扉的力量，终究是无法渗透到读者内心深处的。

我把书抽出来，却看也不看，又放了回去，就在这样的躁动中，我开始在脑海中预见一个即将到来的、纯粹彰显骄横男子气概的时代，那正是教授们往来通信（比如沃尔特·罗利爵士[1]的信件）中所预示、意大利统治者们业已建立的那样。只要去到罗马，谁都不可能不感受到那种彻彻底底的大男子气概；不管这种彻底阳刚的男子气概对国家来说有多少价值，对于诗歌艺术的影响却值得我们去质疑。

不管怎样，报纸上说，意大利的小说令人担忧。学者们还为"促进意大利小说的发展"开了一次讨论会。那天，"出身显赫，包括金融界、实业界以及法西斯团体的要人们"集聚一堂，就这个问题集思广益，并向领袖致电，表达了他们希望"无愧于法西斯时代的诗人将不日诞生"。

我们或许也都有这等荣耀可嘉的希望，但令人怀疑的是：诗歌能从孵蛋器里孵出来吗？

诗歌理应有一位父亲、一位母亲。法西斯的诗歌，恐怕会是个面目吓人的早产儿，就像我们在乡村博物

---

[1] 沃尔特·罗利爵士 Sir Walter Raleigh（1861—1922），英国时评家、随笔作家，在几所大学担任英语文学教授。

馆的玻璃罐中看到的那样。据说,这样的畸胎活不长,我们也从没见过这样的人在田间地头割草。一个身体上长了两个脑袋,并不能延长寿命。

然而,假如我们心焦如焚地追究责任,那就无法归咎于某一性别的人,男人女人都难辞其咎。

所有善诱者、改良者都要为此负责:没有对格兰维尔勋爵说实话的贝斯伯勒夫人,把真相告诉格雷格先生的戴维斯小姐,诸如此类,但凡唤醒了性别意识的人都难辞其咎;当我想施展才能、写好一本书时,正是他们鞭策我去探寻幸福年代里的性别意识,那时候,戴维斯小姐和克拉夫小姐尚未降生,作家们仍一视同仁地运用头脑中的两性。

你只能回溯到莎士比亚,因为莎士比亚是雌雄同体的,济慈、斯特恩、柯珀、兰姆和柯勒律治也是如此。雪莱可能是没有性别的。弥尔顿和本·琼森的男性气质就未免太多了。华兹华斯和托尔斯泰也太多了。在我们这个时代里,普鲁斯特完全可堪雌雄同体,不过,女性气质或许偏多了一点。

其实,这一点点不平衡是难能可贵的,根本不该去抱怨,若没有这种杂糅,智力似乎就会占上风,头脑中的其他才能就会僵化,失去活力。

反正，我安慰自己说，这大概只是一种过渡；如我所承诺的，我要把思路的来龙去脉讲清楚，而我所说的大部分内容都只是当时的想法；在尚未成年的你们看来，在我眼里炯然闪现的大部分内容似乎也只是暧昧不明的。

即便如此，我走到书桌旁，拿起写着标题"女性与小说"的那张纸，要写下的第一句话就是：**任何人，写作时总想着自己的性别，都会犯下毁灭性的错误**。

纯粹只做男人或女人，也是毁灭性的。必须做男性化的女人，或是女性化的男人。

女人去计较哪怕一点点委屈，哪怕合情合理地去诉求公正，哪怕或多或少地刻意用女人的腔调去说话，都会带来毁灭性的错误。

我所谓的毁灭，并非隐喻，因为带着这种意识的偏见写就的文字，注定会走向消亡。这样写就的文字将失去养分，也许会在一两天内光彩夺目、感人肺腑、精彩绝伦，但夜幕降临时必将枯萎，无法根植于他人的思想中继续升华。

艺术创作大功告成前，头脑中的男性和女性之间必须发生联动；两性间必须达成婚姻般的圆满结合。

作家若要我们体会到他在完整、充分地与我们分享他的经验，就必须完全敞开心灵。心智必须自由，必须平和。不能有任何一只车轮驶动，也不能有任何一丝光线闪动。窗帘必须拉紧。

照我的想象，这位作家如此分享完他的经验后，必须仰面躺下，让思想在黑暗中庆祝这场联姻。他不可以去看自己完成的作品，也不可以去质疑。他倒不如摘下玫瑰花瓣，或是凝视天鹅安详地顺流而下。

我又一次看到了河面上飘送着泛舟的学子、枯落的树叶，看到了那一男一女穿过街道走到了一起，被出租车带走了；我听着伦敦的车流在远处的轰鸣，心想，他们是被水流带走，汇入洪流了。

话到此处，玛丽·伯顿不再往下说了。

她已经告诉你们她是如何得出结论的——那个平庸的结论：**想要写小说或诗歌，你每年必须有五百英镑的收入，以及一间带锁的房间。**

她已经尽力把让她得出这一结论的千头万绪和盘托出。

她请求你们跟随她，迎面撞上教堂执事的双臂，在这儿吃了午餐，去那儿用了晚餐，在大英博物馆涂鸦，从书架上拿下了几本书，望向窗外。

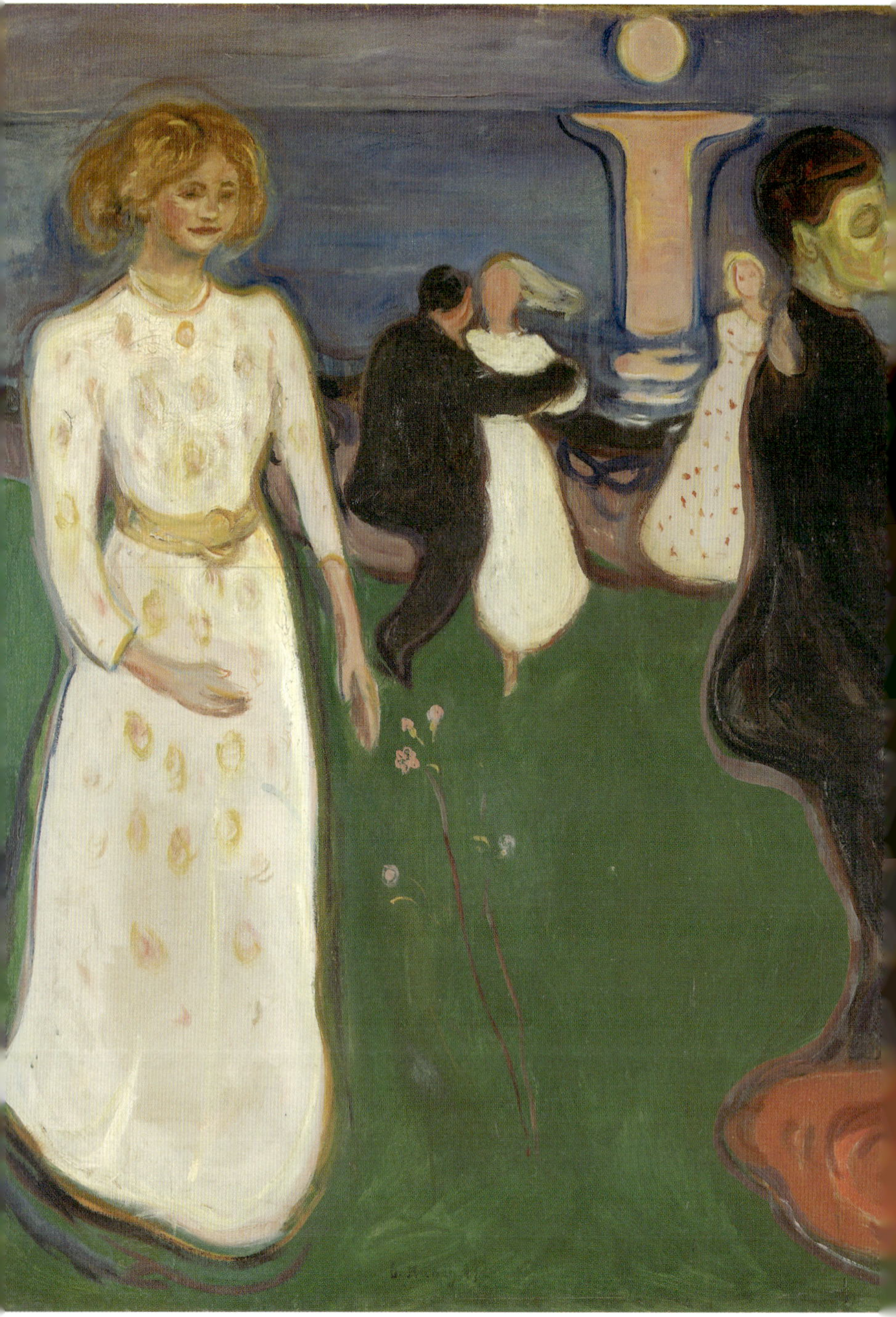

THE DANCE OF LIFE (1899) / EDVARD MUNCH

当她经历这些事时，你们无疑也注意到了她的种种缺点和怪癖，也看到了这对她的见解所造成的影响。你们一直在抵触她，随你们喜好地断章取义，或补上自己的见解。这是理所应当的，因为对于这类问题，只有在抛下各种谬误之后，才能得出真相。

现在，我要直抒己见，在结束前预期两种意见——你们也不可能不得出这种显而易见的结论。

你们或许会说，关于男人和女人的相对优势，哪怕仅就作家而言，你并没有说出什么结论。

我是有意为之的，因为，哪怕此项评估的时机已成熟了，我也不相信那种才华，无论是心智还是性格上的才华，可以像黄油和白糖那样凭称量而定——事实上，就眼下而已，了解女性有多少钱、有几间房间远比总结她们的能力重要得多。

哪怕在剑桥也不能称斤论两地

定义才情,虽然那里的人擅长给人分班、戴学士帽、冠上头衔。我也不相信《惠特克名录》中的排行榜能定论人的价值,也没有确凿的理由去相信,进餐厅时,拥有巴斯勋士爵位的将军必须排在心智错乱者监察长官[1]之后。

煽动一种性别的人去反对另一种性别的人,抬高一种素质去抵制另一种素质,这种自命不凡、贬低他人的行为都好比是人类社会小学阶段的幼稚行为。在那里,有派别之分,这一派总要压倒另一派,而最重要的事莫过于走上高台,从校长手中接过一尊极具装饰性的奖杯。等到人成熟了,就不会再盲信派别、校长,或极具装饰性的奖杯。

无论如何,论及书籍,众所周知的难题是:很难给书贴上标识其价值,而且撕不掉的标签。当下文学评论不就一再证明了评判之难吗?同

---

[1] 指英联邦国家曾任命的一种法政官员:由大法官任命的监察长官,主管无法处理个人事务的心智错乱者的法律事宜,以确保其利益和财产不受损害。

一本书会得到"伟大的著作""毫无价值的书"这两种截然相反的称号。褒贬都无意义。评判高下以作消遣，可能确实挺有趣，但作为工作却是最无意义的，若是对评判者一味逢迎顺从，那就是奴性十足了。

写下你想要写下的，那才是最要紧的；至于你写的东西会流传百世，还是过眼云烟，无人能定论。但若是为了向手捧奖杯的校长、袖中装着量尺的教授表示敬意，哪怕只是牺牲一丝一毫你的见解，褪去一点一滴色彩，都是最为可鄙的背叛。相比之下，人们曾认定的最凄惨的灾难——失去财富或贞洁——都不过像是给跳蚤叮了一口。

我想，接下来你们可能会反驳的是，我过分强调了物质的重要性。

五百英镑的年收入代表了沉思的力量，门上的锁意味着独立思考的能力，但即使这只是一种允许更多阐

1
《写作的艺术》(*The Art of Writing*)，阿瑟·奎勒-库奇爵士著。——原著注

2
沃尔特·兰德
Walter Savage Landor（1775—1864），英国诗人、作家、社会活动家。代表作：散文《臆想对话》(*Imaginary Conversations*)，诗集《罗丝·艾尔默》(*Rose Aylmer*)。

3
马修·阿诺德
Matthew Arnold（1822—1888），英国诗人、时评家。

4
威廉·莫里斯
William Morris（1834—1896），英国诗人、小说家、翻译家。

释的象征笔法，你们仍会说，思想应超脱于这些俗事；还有，大诗人往往穷困潦倒。

那就请允许我引述你们的文学教授的话，他可比我清楚诗人是如何造就的。阿瑟·奎勒－库奇教授[1]是这样写的：

"过去一百年来，都有哪些伟大的诗人？柯勒律治、华兹华斯、拜伦、雪莱、兰德[2]、济慈、丁尼生、勃朗宁、阿诺德[3]、莫里斯[4]、罗塞蒂、斯温伯恩——我们可以先在此打住。这些人当中，除了济慈、勃朗宁和罗塞蒂，其他人都读过大学；而这三人中，唯有英年早逝的济慈生活清苦。

"或许这样说有点残酷，但确实很可悲的是，'诗才可在任何地方滋长繁盛，贫富贵贱之处没有差别'的说法其实是句空话。

"事实一目了然：这十二人中，九位上了大学，换言之，他们用各自的方法，确保自己能接受英国所能提供的最好的教育。事实一目了然：如你们所知，那剩下的三人中，勃朗宁算得上富裕，但我敢跟你们说，要是他没那么富裕，他就写不出《扫罗》和《指环与书》；拉斯金[1]也如出一辙，若不是他父亲生意兴隆，他也写不出《现代画家》。罗塞蒂有一小笔私人收入，更何况，他还作画。所以，就只剩下了济慈，掌管夭折的女神阿特洛波斯夺去了他年轻的生命，一如她在疯人院中夺去约翰·克莱尔[2]的生命，还逼得詹姆斯·汤姆森[3]吸食鸦片酊以麻醉绝望，以至殒命。

"这些事实都很可怕，但让我们正视这一切吧。且不管这对于我们国家而言是多么的有失荣誉，但确实因为我们的英联邦有某种失误，穷诗人在现当代，甚至近两百年来，一直机会渺茫。请相信我——我在这十年中，花费大量的时间观察了三百二十

1
约翰·拉斯金
John Ruskin（1819—1900），英国作家、艺术家、艺术评论家，哲学家、教师和业余的地质学家。代表作:《现代画家》(*Modern Painters*)。

2
约翰·克莱尔
John Clare（1793—1864），英国诗人。

3
詹姆斯·汤姆森
James Thomson（1700—1748），英国诗人、剧作家。代表作：诗集《四季》(*The Seasons*)、《逍遥宫》(*The Castle of Indolence*)。

余所小学——我们尽可大谈民主，但事实却是，英国的穷孩子少有出头之日，并不比雅典奴隶的孩子拥有更多机会来获得心智自由，亦即伟大作品的诞生所仰仗的基础。"

没有人能把这一点说得更明白了。

"穷诗人在现当代，甚至近两百年来，一直机会渺茫。……英国的穷孩子少有出头之日，并不比雅典奴隶的孩子拥有更多机会来获得心智自由，亦即伟大作品的诞生所仰仗的基础。"正是如此。

心智自由仰仗于物质基础。诗歌仰仗于心智自由。而女性始终很穷困，远不止近两百年，而是有史以来便一直如此。女性所能得到的心智自由，尚且不如雅典奴隶的孩子。所以，女性写诗的机会也很渺茫。

这就是我如此强调金钱、自己的房间的根源。

不过，多亏了默默无闻的女性——我真希望可以多了解她们一点——曾经的努力，也多亏了——说来奇怪——两场战争：克里米亚战争让弗洛伦丝·南丁格尔走出了客厅，六十年后的欧洲战争又为普通女性敞开了大门，诸多弊端正在逐渐得到改善。否则，今晚你们也不会在这里，而你们每年挣得五百英镑的机会恐怕也微乎其微了，事实上，我觉得即便是现在也未必能挣得到。

再说，你们仍会反问：为什么你把女性写书立传看得如此重要？

而且，据你所说，那要付出巨大的努力，没准儿还会去谋害自己的姑妈，几乎肯定会在午餐会上迟到，或许还免不了和某些大好人发生严重的争执。

请容我坦承，我的动机，在某种程度上是自私的。正如大多数未曾接受教育的英国女人一样，我喜欢阅读——我喜欢大量的阅读。近来，我的精神食粮变得有点单调：历史，讲战争的太多了；传记，讲伟大男人的太多了；诗歌，在我看来，渐渐变得了无生气；小说——而我已充分暴露了自己没有能力来评论现代小说，就不再赘言了。

所以，我请大家放手去写各类书籍，不管是琐细或宏大的内容，只管去写，对任何主题都不必有顾虑。

1

紫式部（约978—约1016），日本平安时代女作家，著有《源氏物语》《紫式部日记》。西方学者认为《源氏物语》是世界上第一部长篇小说。

我希望你们能用写书或别的方法给自己挣到足够多的钱，去四处旅行，去无所事事，去思索世界的未来或过去，去看书、做梦或是在街头闲逛，让思考的钓线深深地沉到溪流中去。

我也绝对不会让你们只写小说。如果你们想满足我的话——像我这样的人还有成千上万——那就去写写游记和探险、研究和学术、历史和传记、批评和哲学，还有科学。这样去写，你们就等于推进了小说艺术，因为书籍会相互影响。若能与诗歌、哲学唇齿相依，小说的面貌必定会大为改观。

此外，如果你们想一想任何一位伟大的先辈，譬如萨福、紫式部[1]、艾米莉·勃朗特，你们就会发现，她们既是继承者，也是开创者，她们之所以立足于历史，正是因为女性自然而然就已养成写作的习惯。

所以，哪怕只是诗篇的序章之类，你们的写作也将是弥足珍贵的。

但当我回过头来看看这些笔记，并对自己的真实思路加以评点时，我发现自己的动机并非全然自私。在这些评论和离题的漫谈中，仍贯穿着一种信念——或者该说是本能？——好书令人向往，好作家仍不失为好人，哪怕在他们身上呈现出诸种恶习。

因此，我要你们写更多的书，是在敦促你们做一些对自己、对整个世界都有所裨益的事。

但我不知道该如何证实这种本能或信仰，因为，一个没上过大学的人很容易在运用哲学术语时犯错。

现实，指的究竟是什么？似乎是飘忽不定、不太牢靠的东西——时而出现在扬尘的马路上，时而出现在街头小报的一角，时而又出现在阳光下的水仙花上。现实，能让屋里的一群人喜上眉梢，也能让几句闲谈隽永长存；能让星空下回家的路人被压抑得无言以对，让无声的世界比言语的世界更为真实——随后，又出现在皮卡迪利大街上的公共汽车里。

有时，现实似乎距离我们太远，影影绰绰，难以捉摸它的本质。但不论它触及什么，都将令其确凿，乃至永存。那是白昼消隐在篱笆后留存的余迹；那是岁月流逝，爱恨过后的余韵。

在我看来，作家比旁人更有机会活在当下。

作家的职责就是发现、收集现实，充分传达，让我们与之共享。至少，这是我读完《李尔王》《爱玛》或《追忆似水年华》后所推演出的结论。读这样的书，就好像在为各个感官施以奇特的手术，摘去掩在其上的白内障，让人眼前豁然开朗，世间的一切尽显无遗，生活更显鲜明深刻。

有些人对不现实的生活怀有敌意，那是令人羡慕的；也有些人因浑浑噩噩的无心之举而驻足不前，那是令人怜悯的。

所以，我要求你们去挣钱，要有自己的房间，就是要你们活在现实之中，活在富有活力的生活中，不管你能不能将之描绘出来，现实都将兀自显现。

我本想就此打住，但按照常规，每场演讲都该有总结。而一场针对女性的演讲，我想你们也会同意，总结部分应有振奋人心、志向崇高之处。

我应当请你们记住自己的责任，努力向上，追求更崇尚的精神追求；我应当提醒你们肩负着何等重任，你们对于未来的影响又是何等重大。

但我觉得，不妨把这些训诫留给男人们去说，他们的口才远非我所能及，他们定会谆谆善诱，也确实已经这样做了。我绞尽脑汁，却发现自己没有成为同伴、追求平等、影响世界、迈向更高远的未来这样高贵的情操。

我发觉自己只想平淡、简单地说一句：

做自己，比任何事都更重要

假如我知道怎么才能说出振奋人心的豪言壮语,那我大概会说:别总梦想去影响他人。要去思考事物的本质[1]。

随手翻翻报纸、小说和传记,我又会觉得女人对女人讲话时,总有些藏藏掖掖的潜台词。

女人对女人并不客气。女人不喜欢女人。

女人——说真的,这两个字还没把你们烦透吗?

我可以向你们保证,我已经烦透了。

那就让我们达成一致吧:一个女人对一群女人的演讲理所应当要以格外不好听的话作结尾。

可这要怎么说呢?我能想出什么不好听的话呢?

事实上,我往往是喜欢女人的。我喜欢她们的反常规做法。我喜欢她们的完整性。我喜欢她们的默默无

---

[1] 原文 things in themselves,参考康德(1724—1804)提出的"物自体"论,亦即事物存在于自体之中,不涉及经验,也不属于现象或本体。

[2] 阿齐博尔德·博德金爵士 Sir Archibald Henry Bodkin (1862—1957),英国律师,1920 至 1930 年间担任检察官,他特别反对他所认定的"淫秽"文学作品出版。

[3] 《妇女简史》,约翰·兰登·戴维斯著——原著注。约翰·兰登·戴维斯,John Eric Langdon-Davies (1897—1971),英国作家,曾是战地记者,他创建了帮助西班牙战争孤儿的"养父母计划",并因此获得 MBE 勋章。《妇女简史》(*A Short History of Women*)是他出版于 1927 年的作品。——译者注。

闻。我喜欢——但我不能一直这样罗列下去。

你们告诉我那边的柜子里只有干净的桌布,但要是阿齐博尔德·博德金爵士[2]藏在里面该怎么办?我还是用严厉的口吻来说比较好。

我先前所说的话是否让你们充分领会到男性群体的告诫和责难?我对你们讲过了,奥斯卡·勃朗宁先生对你们评价甚低。我也指出了拿破仑曾经如何看待你们,还有墨索里尼如今的观点。另一方面,考虑到你们中间可能有人有志于写小说,我也帮你们引述了评论家关于女性应勇敢承认自身局限的建议。我还提到了 X 教授,特别强调了他关于女性在智力、道德和体能上都比男人低劣的论断。

我把我能想到的,而非刻意钻研得来的这些内容如数奉上,现在,我要讲最后一条警告——来自约翰·兰登·戴维斯先生[3]。

约翰·兰登·戴维斯先生如此警告女性:"当人们不再想生儿育女,女人也就不为人所需了。"我希望你们记下这句话。

我还要怎样鼓励你们投入生活呢?

年轻的女士们,请注意,我要开始总结陈词了:

在我看来,你们是愚昧无知的,这很丢人。

你们从未有过任何重大的发现。

你们从未动摇过一个帝国,也从未率领士兵、上过战场。

莎士比亚的戏剧都不是出自你们的手笔,你们也从未带领任何一个蛮夷之族领受文明的泽被。

你们有什么借口?

当然,你们尽可指向街巷、广场和森林,处处挤满了黑色、白色和棕色的居民,人人都忙碌于出行、经营和谈情说爱,然后对我说:我们手头还有很多事要做;没有我们的辛劳,海面上就不会再有出海的船只,肥沃的土地也会化为沙漠;我们生养、养育、清洗、教育了十六亿两千三百万人——这是统计出来的现存人类的总数——至少在他们六七岁前,即使有人相助,这也费时不少。

你们说的确实有道理——我不否认。

但与此同时，我能否提醒你们注意：
自 1866 年以来，英国至少开办了两所女子院校；
1880 年后，法律允许已婚女性拥有自己的财产；
1919 年——已是整整九年前了——女性获得了选举权。
我能否再提醒你们：
大多数职业允许女性就业，至今已将近十年了。

假如你们好好反思自己所拥有的这些了不起的特权，想一想你们在这么多时日里都享有这些特权，而且，事实上，至今为止应该约有两千名女性每年能以这样或那样的方式挣到五百英镑，那么，你们就该承认，所谓缺少机会、培训、鼓励、闲暇和金钱的借口都不能成立。

尤其要注意的是，经济学家告诉我们，西顿夫人生了太多孩子。

当然，你们仍然必须生儿育女，但据专家们说，你们最好生两三个，而非十二三个。

所以，你们手上有了些时间，脑袋里装了些书本——至于另一派的知识，你们已经学得足够多了，我怀疑，你们来上大学的部分原因就是为了不再装进那种知识——当然就应该在这条艰苦卓绝、完全不受瞩目的漫漫长路上迈进一个新阶段。上千支笔乐于指点你们应该做些什么，应该产生怎样的影响。我承认,我的建议是有点不可思议;所以,我宁可用小说的形式来把它讲出来。

我在这份讲稿中告诉过你们,莎士比亚有个妹妹,但请你们不要去西德尼·李爵士[1]为这位诗人写的传记中去查证。

她年纪轻轻就死了——唉,她连一个字也没有写过。她葬身在大象城堡酒店的对面,现在的公共汽车站那儿。

而我现在相信,这位一个字都未曾写过、葬在十字路口的诗人依然活着。

她活在你我之中,也活在今晚不在现场的很多女性之间,她们不在这里是因为她们还在刷盘子、哄孩子入睡。

但她活着,因为伟大的诗人不会死,永世长存,一有机会便能活生

---

[1] 西德尼·李爵士
Sir Sidney Lee(1859—1926),英国传记作家。代表作:《威廉·莎士比亚传》(*A Life of William Shakespeare*)、《维多利亚女王的一生》(*Queen Victoria*)等。

生地走在我们当中。

我认为,这个机会正在到来,因为你们有力量给予她这个机会。

因为我相信,假定我们再过一个世纪——我说的不是个人所过的小日子,而是普世的生活,因为那才是真实的生活——并且,我们每人每年都有五百英镑,还有属于自己的房间;

假定我们拥有了自由的习惯、直抒胸臆的写作;

假定我们能时不时逃出家人共用的起居室,去观察他人,但不总是从人与人之间的关系,而是从人与现实的关系出发去观察;也要去观察天空、树木或任何存在于自体的物事;

假定我们的视线能穿透弥尔顿的幽灵,因为谁都不该挡住我们的视界;

假定我们面对事实,因为这就是事实:没有可以依靠的臂膀,我们都是独自前行，我们与整个现实世界发生关系，而不只是在男人女人的世界里；

那么，机会就将来临，那死去的诗人——莎士比亚的妹妹——就能重焕新生，恢复她一再压抑的本来面目。她将从那些无人知晓的前辈身上汲取生命，就像她哥哥之前所做的那样，她将重生。

但若没有这番准备，没有我们的努力，没有重生后就该尽情生活和写诗的信念，我们就无法期许她的到来，因为那将是不可能的。

但我依然坚信，她会重生而来，只要我们为她努力，哪怕是在清贫、寂寞中努力，也是值得的。

TAPIS

应该怎样读一本书？

Lesende Frau (1913) / August Macke

应该怎样读一本书？[1]

[1] 本文是在某所学校演讲的文稿。——原著注。

首先要强调一下,我的标题末尾有个问号。就算我能回答这个问题,那也只是我的答案,并不是你们的。

实际上,在读书这件事上,一个人能给另一个人的建议只有一条:不要听从别人的建议,应该顺从自己的直觉,发挥自己的思考,得出自己的结论。

如果我们能就这一点达成共识,我才能畅所欲言地提出观点和建议,因为你们将不会任其束缚自己的独立性,而独立性是读者能够具备的最重要的素质。毕竟，针对书籍，怎能制定出规则呢？滑铁卢战役是在确定的日子里发生的，但《哈姆雷特》就是比《李尔王》更好的戏剧吗？没人能这么定论。每个人必须对这个问题作出自己的判定。

如果尽信权威——哪怕是裘袍加身、冠冕堂皇的权威——允许他们进入我们的书房，告诉我们怎样阅读、读什么书、对读物作何评价，那就无异于破坏自由精神，而那正是阅读圣殿的氛围。在其他领域，我们或许受制于多种律法和传统，但在阅读的圣殿里完全没有。

但是，为了享受自由，我们当然必须自控——请原谅这种老生常谈。我们决不能无助、无知地浪费自己的能力，好比，为了浇灌一丛玫瑰花，却喷湿了半栋屋；我们必须把自己的能力训练得精准、有力，有的放矢，箭无虚发。

也许，这正是我们在图书馆里遇到的第一个难题。有的放矢之"的"到底是什么？图书馆看上去只是一座聚集之所，五花八门混作一堆。诗歌和小说、历史和回忆录、词典和名人录，用各种语言写成，由不同性情、不同种族、不同年龄的男女作者创作的书，全部挤挤挨挨地摆在书架上。外面有驴子在叫，女人在公共水泵边闲聊，马驹在田野里奔驰。我们该从哪里开始？怎样才能在这纷繁混乱中厘清秩序，以便从阅读中得到最深远、最广博的愉悦？

当然，因为书有不同类别——小说、传记、诗歌——我们就应该把书加以区分，从每一类别中获得它们理应提供的内容，这样说固然很简洁，但很少有人反其道而行之，去问问书本，它们能够给予我们什么。我们往往带着预设门类、模糊的想法去读书，期望小说应该写实，诗歌应该有所虚构，传记应该不吝美词，历史书应该强化我们的偏见。如果我们在阅读时能够尽消这些先入之见，那就将有个令人赞赏的好开端。

不要把你的意愿强加给作者，要试着变成他，设身处地，成为他的同事和同谋。如果你一开始就畏缩在后、有所保留、吹毛求疵，那么，你就是在阻止自己从阅读中得到最完整的价值。但是，如果你尽可能地开放思路，那么，从第一句话的起承转合开始，书中蕴藏的几乎难以察觉的迹象和暗示就将带领你走向一个与众不同的人物。沉浸在其中，熟悉这一切，你很快就会发现，作者在给你，或试图给你某种更确凿的东西。

假设我们首先考虑怎样读小说，一部小说有三十二个章节，所有章节都在试图构建某种有所控制、有其形态的结构体，就像建筑物那样。但词语比砖石更难把握，阅读也是比观看更费时、更复杂的过程。

要理解小说家的创作元素，也许，最快捷的方法不是先读，而是先写，自己去实验，体会遣词造句的危险和困难。然后，去回忆某些给你留下深刻印象的事件——譬如，在街角，你走过两个正在交谈的人；一棵树在摇曳；一道灯光在跳跃；谈话的基调既是喜剧的，又是悲剧的；那一刻，似乎包含了完整的想象、完整的构思。

不过，当你试图用文字再现它时，却发现它分解为上千种相互冲突的印象。有些必须弱化，有些必须强调，而在这个过程中，你很可能会失去对情感本身的全面掌控。

这时候，你可以从涂得模糊不清的凌乱稿纸中抬起目光，转向一些伟大小说家的开篇——笛福、简·奥斯汀、哈代。现在，你就能更充分地认识到：他们很高明。我们不仅面对着另一个人——笛福、简·奥斯汀或托马斯·哈代——还与他们生活在不同的世界里。

在《鲁滨逊漂流记》中，我们跋涉在一条平坦的大路上，事情一件接一件地发生，有事件及其发生的顺序就足够了。但是，如果说野外和历险对笛福意味着一切，那它们对简·奥斯汀就毫无意义。她的世界在客厅里，在人们的谈话里，因为谈话犹如多面镜，能映照出谈话者的性格。等熟悉了客厅及镜面的映照后，假如再转向哈代，我们又会晕头转向，四周只有空旷荒野，头上只有满天星辰。

现在，呈现出的是心灵的另一个面相——浮现在孤独时的黑暗的一面，而非在他人身边显露的光明的一面。我们不是与人发生关联，而是与大自然、与命运发生关联。不过，这些世界虽然各不相同，却都自成一体。创造这些世界的作者们无不谨慎地基于自己的态度、遵循相应的规则，不管那会不会给我们带来阅读上的压力，反正，他们决不会像那些中庸的作家那样，常常把两种迥然不同的现实混进一本书，因而让读者困惑。

因此，从一位伟大的小说家转向另一位——从简·奥斯汀转向哈代，从皮科克转向特罗洛普，从司各特转向梅雷迪思——就意味着被强力扭转、连根拔起、从这边抛向那边。读小说是一门艰难而复杂的艺术，要想获得小说家——伟大的艺术家——给予你的一切，你必须要有极其敏锐的感受力，还要有极其大胆的想象力。

然而，只消看一眼书架上那些彼此迥异、各式各样的书，你就会发现只有极少数作家能被称为"伟人的艺术家"；往往，一本书压根儿就不会自称为艺术品。

譬如，传记和自传，记述了伟大人物的生平，或去世已久、甚而被遗忘的人，它们与小说和诗集紧挨着，摆在一起，难道我们应该拒绝去阅读吗，就因为它们不算"艺术品"？还是说，读是应当读的，但要用不同的方式，带着不同的目的去读？还是说，我们应当首先为了满足时常攫住心扉的好奇心而去读它们？

就像在夜里，我们徘徊在一栋灯火通明、百叶窗还没放下的房子前，每一楼层都能让我们看到人类生活的不同剖面；于是，我们会难以克制好奇心，想知道这些人生活的真面目——仆人们在嚼舌头，绅士们在用餐，姑娘们为晚会梳妆打扮，老妇人在窗口织毛线——他们是谁，什么身份，叫什么名字，做什么工作，有什么想法，又有什么样的冒险故事？

传记与回忆录答复了这类问题，照亮了无数这样的房间，向我们展示了人们的日常家居，辛苦劳作，失败，成功，吃喝，爱恨，直到死去。有时候，我们看着看着，房屋就会隐去，铁栏杆消失，我们已置身海上，在捕鱼，

1
Twickenham，伦敦西区地名。

2
西德尼·赫伯特男爵 Sidney Herbert（1810—1861）是彭布罗克伯爵十一世最小的儿子，赫伯特家族的豪宅就位于威尔顿。他是弗洛伦丝·南丁格尔的密友。

在航海，在战斗，在野蛮人和士兵中间，参与了伟大的战役。

如果我们愿意留在英格兰，留在伦敦，那么，场景也可以改变，街道变窄，房屋变得狭小、拥挤，玻璃窗格变成菱形的，气味变得难闻。我们看到一位诗人，多恩，被迫离开这样一座小屋，因为墙壁太薄，邻家小孩的哭声穿透过来。

我们可以跟着他，穿过书页中的大街小巷，来到特威克纳姆[1]，来到素以贵族和诗人聚会地点而闻名的贝德福德夫人公园；然后再移步到威尔顿，丘原下的那栋著名的豪宅，在那儿聆听西德尼[2]把《阿卡迪亚》[3]读给他姐姐听，再去被描写过无数次的沿泽间漫步，看看某部著名的浪漫主义诗歌曾描写过的苍鹭；然后，再跟另一位彭布罗克伯爵夫人，安妮·克利福德[4]，一起北上，到她领地里的荒凉旷野。也可以冲进城市，看到加

3

Arcadia，意大利诗人雅各布·桑纳扎罗（Jacopo Sannazaro）1480 年创作、1504 年在那不勒斯出版的田园散文诗。

4

安妮·克利福德 Anne Clifford（1590—1676），出生于英国西北部威斯特摩兰，是克利福德男爵的唯一继承人，在第二次婚姻中嫁给菲利普·赫伯特，亦即彭布罗克伯爵四世。她是著名的文学赞助人，留下了很多文采洋溢的书信和日记，晚年一路向北，搬回了出生地。

布里埃尔·哈维[1]穿着黑天鹅绒西服跟斯宾塞[2]争辩诗歌问题时，尽量克制我们的兴奋之情。

在伊丽莎白时代的伦敦交替而来的黑暗与辉煌中摸索前行、踉跄跌倒，是再迷人不过的体验。但不能久留，好多个坦普尔[3]和斯威夫特[4]、哈利和圣约翰在向我们招手，要想平息他们的争吵、解析他们的性格得耗上好几个钟头；等我们厌倦了，还可以继续徜徉，走过一位戴着钻石首饰的黑衣女士，走向塞缪尔·约翰逊、戈尔德史密斯[5]和加利克[6]；只要我们愿意，还能越过海峡，去见见伏尔泰、狄德罗、德方侯爵夫人[7]；再回到英格兰，回到特威克纳姆——某些地方和某些名字多么频繁地重现！——贝德福德夫人的公园旧址，也就是蒲柏后来的住所所在，再回到草莓山的沃波尔[8]故居。

沃波尔又引荐我们认识了那么多的新人物，有那么多宅邸要去拜访，那么多门铃要按；我们或许会在贝里小姐[9]的门前犹豫片刻，因为刚好看到萨克雷走了过来，他是沃波尔所爱女子的好友；所以，只要拜访一个个朋友，从一座花园走向另一座花园，从一处宅邸走到另一处宅邸，我们就可以从英国文学的一端漫游到另一端，继而蓦然发现自己又回到了现在——如果我们能这样把此刻与过往的一切区分开来的话。

1
加布里埃尔·哈维
Gabriel Harvey（1552—1631），英国作家、学者，曾致力于推动六音步诗歌的发展。

2
艾德蒙·斯宾塞
Edmund Spenser（1552—1599），英国文艺复兴时期的伟大诗人。代表作：长篇史诗《仙后》（*The Faerie Queene*）等。

3
威廉·坦普尔
William Temple（1628—1699），英国散文作家，代表作：《杂谈集》（*Miscellanea*）。

4
乔纳森·斯威夫特
Jonathan Swift（1667—1745），英国作家，生于爱尔兰，他有多重身份。包括神职人员、政治小册作者、讽刺作家、作家、诗人和激进分子。代表作：《格列佛游记》（*Gulliver's Travels*）、《一只桶的故事》（*A Tale of a Tub*）等。

5
奥利弗·戈尔德史密斯
Oliver Goldsmith（1728—1774），英国诗人、剧作家、小说家，代表作：《世界公民》（*The Citizen of the World*）、《关于欧洲纯文学现状的探讨》（*The Vicar Of Wakefield*）等。

6
大卫·加利克
David Garrick（1717—1779），英国演员、剧作家，在十八世纪英国戏剧节影响颇大，创办了最初的几届莎士比亚戏剧节，是塞缪尔·约翰逊的学生和密友。

7
德力侯爵大人
Madame du Deffand（1697—1780），法国贵族、艺术赞助人。

8
霍勒斯·沃波尔
Horace Walpole（1717—1797），即奥福德伯爵四世，英国第一届首相的辉格党政客罗伯特·沃波尔的幼子，英国作家，艺术史学家。沃波尔家族的豪宅位于草莓山：特威克纳姆的泰晤士河畔的富裕地区。

9
玛丽·贝里
Mary Berry（1763—1852），英国书信日记体女作家。

简而言之，这是阅读生平故事与信札的一种方法，我们可以让传记和自传照亮过往的许多窗口，遥望那些已故名人的日常习惯；有时，我们会幻想与他们很亲密，乃至能惊讶地发现他们的秘密，有时，我们也可以抽出一本他们撰写的戏剧或诗集，看看在作者面前阅读，会不会感觉有所不同。

不过，这又会引出其他问题。我们必须问自己，作者的人生会在多大程度上影响到一本书？让这位传记作者来诠释那位作家，有多安全、多可靠？语言是如此敏感，如此容易受到作者性格的影响，那么，我们应当在多大程度上抵抗或屈从于由传记作者引发的同情和反感？阅读他人的人生故事、信札时，这些问题都会压在我们心头，我们必须为自己回答，因为这都是相当个人化的问题，没什么比盲从别人的偏好更容易使人犯下致命错误的了。

其实，我们还可以带着另一种目的去读这类书籍，不是为了在文学上有所洞见，也不是为了熟知名人掌故，而是为了改善和培养我们自己的创造力。

书架的右手边不是有扇敞开的窗户吗？放下书卷、看看窗外是多么令人愉快！外面，马驹绕着田野奔跑，女人在水泵边打水，驴子扬起脖子，发出刺耳的长嘶——这景象是如此的无意识，彼此互不相关，而且永动不息，这景象是多么振奋精神！任何书房里的大部分书籍，都不过是记述了这些男人、女人和驴子生命中的一些转瞬即逝的时刻。

在成熟的过程中，每一类文学都会攒下一堆弃物，那是用支吾、微弱、已然灭迹的古音讲述的逝去的时光、被遗忘的生命。但是，如果你让自己沉湎于弃物堆，享受那种阅读的乐趣，那些被丢弃、任其腐朽的人类生活的遗迹就会让你惊喜，毋宁说，是被其征服。可能是一封信——但它呈现出怎样的一幅画面啊！可能只是几句话——但它们带给人何等的展望！

有时，会呈现出一个完整的故事，伴随着如此美妙的幽默、哀婉和圆满，俨如一位伟大小说家的手笔，其实呢，那不过是老演员塔特·威尔金森[1]在回忆琼斯船长的传奇故事；不过是阿瑟·威尔斯利[2]手下的年轻

---

[1] 塔特·威尔金森
Tate Wilkinson（1739—1803），英国演员，戏院经理。

[2] 阿瑟·威尔斯利
Arthur Wellesley（1769—1852），威灵顿公爵，军事家、政治家，第二十一届英国首相，曾参与过打败拿破仑的滑铁卢战役，是世界历史上唯一获得八国元帅军衔的军人。

副官爱上了里斯本的一位漂亮姑娘；不过是玛丽亚·艾伦在空落落的客厅里丢下针线活，叹息说她多么希望当初听了伯尼博士[1]的好言相劝，别和她心爱的里希私奔。

这些都没有价值，说穿了都是微不足道的小事；但现在时不时在旧物堆里翻翻却是多么让人着迷啊，就在窗外马驹绕着田野奔跑、女人在水泵边打水、驴子刺耳长嘶的时候，找出埋在海量往事下面的老戒指、老剪刀和破雕像的鼻子，努力把它们拼凑起来！

但长远来看，我们最终会厌倦阅读弃物，厌倦必须为了把威尔金森、班伯里和玛丽·艾伦这些传记中的人物能够呈现给我们的真假掺半的故事补充完整而去寻觅别的素材。他们没有艺术家那种有所强调、有所筛减的能力；他们连自己的生活都不能完整实述，把一个本来可以很好看的

---

1 查尔斯·伯尼 Charles Burney（1726—1814），范妮·伯尼之父，英国音乐史学家，作曲家，1769年荣获牛津大学音乐博士荣誉学位。伯尼家族有许多文艺界的好友。这个场景出自范妮·伯尼所著的回忆录。

故事讲得支离破碎。他们只能提供一些事实，而提供事实是非常低劣的虚构形式。

因此，我们会越来越渴望放下那些模棱两可、欠缺完整的叙述，不再去搜寻人性的细微差别，而去享受经过更精纯提炼、小说才有的更纯粹的真实感。于是，我们滋生出一种情绪，强烈而概括，不拘于细节，而是用某种有规则的、反复出现的韵律去加以强调，这种情绪的自然表达便是诗歌。等到我们几乎自己都能写诗的时候，就到了读诗的时候……

> 西风何时吹起？
> 丝丝小雨下不停，
> 天啊，只愿爱人在怀中，
> 我重回床榻！ [2]

诗歌的影响是如此强烈而直接，

---

[2] 英国民谣，可见于《牛津版英国诗歌录 1250—1900》，诗名：*The Lover in Winter Plaineth for the Spring*。

一时间，只能感受到诗歌本身，除此之外再没有别的感觉。就这样，我们进入了深邃的境界——这种沉浸是多么突然，又是多么彻底！这诗里没有任何牵制，没有什么能阻挡我们的飞翔。虚构的幻觉是渐渐形成的，最终的效果经过了预先铺垫，但是，在读到这四行诗时，谁会停下来问这是谁写的？谁还会联想到多恩的破屋或西德尼的文书？或是把这诗句置于错综复杂的过去和世代更替之中？诗人，永远是我们同时代的人。

我们的存在，在这一刻被集中、被浓缩，就像处于任何一种强烈震撼的私人情感中。然后，那感觉会在我们心中一圈圈扩展，真实不虚，直至更边缘的感觉神经也被触动，开始发出声音，做出评论，我们便感知到了回音和反思。诗歌的强度涵盖了相当广泛的情感范畴。我们只需略加比较，先看这两句的震撼与直接：

1
Francis Beaumont（1584—1616）和 John Fletcher（1579—1625）所作的 *Confession of Evadne to Amintor*。

2
John Ford（1586—1639）所作《细沙滴落，细数分秒》（*Minutes are numbered by the fall of sands*）。

3
华兹华斯所作《序曲》中的一段。

> 我要倒下如树,倒向我的坟墓,
> 只记得我悲伤难抑。[1]

再看看这几句摇曳的韵律:

> 细沙滴落,细数分秒,
> 如斯沙漏;漫长光阴
> 令我们荒废青春直至入墓,我们回首岁月
> 一时欢愉,狂喜挥霍,终于
> 归家,归于悲戚;但生命,
> 厌倦了放纵,细数粒粒细沙,
> 哀叹中哀泣,直至最后一粒落下,
> 宣告灾难终止,归于安息。[2]

或是在这几句诗中沉思:

> 无论年轻还是年老,
> 我们的命运,我们存在的中心与家园,
> 无穷无尽,也只有在那儿;
> 带着希望,永远不会死灭的希望,
> 努力,期待,渴望,
> 以及永恒之物。[3]

再对照这几句中丰饶圆满的雅丽:

> 月亮悠悠升上碧空,
> 无论何处都不停留:
> 她轻盈地向上飘升,
> 一两颗星子相伴左右——[1]

或是这几句的奇妙幻想:

> 徘徊林中的幽灵
> 不会停止游荡
> 在远处的空地里,
> 伟大的世界燃烧之际,
> 一股轻柔的火焰在升腾,
> 在他敏锐的眼中,好似
> 树荫下的番红花。[2]

只需比较这些诗句,我们就能领略诗人多姿多彩的艺术手法。诗人能让我们同时成为演员和观众;就像把手伸进手套里一样,诗人能摸透人

[1] 柯勒律治所作《古舟子咏》中的一段。

[2] Ebenezer Jones(1820—1860)所作的 *When the World is Burning* 中的一段。

性,从而摇身变为福斯塔夫或李尔王;诗人有浓缩、延展、表达的本领,一劳永逸。

"只需比较"——这一语道破天机,等于承认了:阅读真的是很复杂的事。尽最大的理解力获取初步印象,这只是整个阅读步骤的第一步。我们若想从书中得到全部的快乐,就必须完成另一步。我们必须对这些多种多样的印象做出判断;必须把这些稍纵即逝的感想固化成扎实、持久的印象。但不能马上就完成。等待阅读的尘埃落定,等矛盾和疑问平息;散步,聊天,摘下枯萎的玫瑰花瓣,要不就睡上一觉。

然后,突然之间——大自然的潜移默化莫过于此——就在出乎意料的时候,那本书又会重现,但已是另一番模样了。它会成为一个整体再次浮现,抢占思维的前滩。作为一个整体，它已不同于阅读字句段落时的那本书了。现在，各种细节各就各位。我们从头至尾看到了它的形状，是谷仓，是猪圈或是大教堂。现在，我们可以把书与书做比较了，好像比较不同的建筑物。

但这种比较意味着我们的立场已改变，我们不再是作者的朋友，而是他的评审；做朋友时，再多同情和共鸣都不为过，同样，担任评审员时，再严厉也不为过。浪费我们的时间和同理心的书，不就是罪犯吗？炮制假书、伪书，令世界乌烟瘴气、充满腐败和疾病的坏书的作者们，不就是腐蚀、玷污社会的最阴险的敌人吗？

那就让我们开始严厉的评判吧，把每本书与同类别中最伟大的作品去比较。经过评定，我们读过的书就会以固定的形状留在脑海中——《鲁滨逊漂流记》《爱玛》《还乡》，要比，就要和这些最好的书比较，包括最新、最不起眼的小说都有权利被放在最好的作品旁边接受评审。要比，也要与诗歌比较——当韵律带来的迷醉感淡去、词藻的光彩消退，一种可见的形象就会回到我们脑海中，必须与《李尔王》《菲德拉》[1]《序曲》去做比较；就算不和这些杰作比较，也要与我们心目中的同类型诗歌中的最出色的作品去比较。这样，我们或许才能确定：新诗和新小说之"新"其实只是最肤浅的特点，我们只须稍稍改进评判以往作品的标准，并不需要彻底改变。

如果假设阅读的第二步，亦即评判和比较，就像第一步那样简单明了——只要敞开心扉，接受快速涌入脑海的无数印象——那就太愚蠢了。

第二步，需要你在眼前没有摊放书本的情况下，继续阅读，把一个模糊不清的形象与另一个对照；还要有广泛的阅读积累，以及足够的理解

---

[1] 法国戏剧大师拉辛（Jean Racine，1639—1699）的五幕悲剧剧本。

力，才能使这种比较生动活泼、具有启示性——做到这些就很难了。

更难的是，还要进一步说出：这本书属于哪种类型，而且具有什么价值，失败在哪里，成功在哪里，好在哪里，不好在哪里。履行读者的这种职责需要充沛的想象力、洞察力和学识，不是随便谁的头脑都具备这些能力的；即便是最自信的人，顶多也只能在自己身上发现这种能力的苗子而已。

所以，如果你索性放弃阅读的这一步，放手让批评家们，让图书馆里那些裘袍加身、冠冕堂皇的权威们去替我们判定那本书有没有绝对的价值，岂不是更不明智？然而，那几乎是不可能办到的任务啊！

我们或许会强调共鸣的价值，或许会在阅读时努力忘记自己的身份，却还是知道无法达成彻底的共鸣，无法把自己完全沉浸进去；内心总有一个小魔鬼在轻轻说，"我讨厌，我喜欢"，我们无法让他保持沉默。实际上，正是因为有这种好恶，我们与诗人、小说家的关系才如此亲密，根本无法容忍别人存在。哪怕最终的意见与他人不同，哪怕我们的判断错误，但自己的品味、那种撼动周身神经的感觉，仍然堪比我们的灯塔。我们通过感觉去学习，不能在减弱自己的个性的同时压抑自己的偏好。

不过，随着时间推移，我们或许能够培养自己的品味，令其有所服从，有所节制。在贪婪饱尝各种书——诗歌、小说、历史、传记——之后停止阅读，转而去探索久远时空里的多样化、现世物事的互不和谐之后，我们就会发现品味会有一点改变，它不再那么贪婪了，更喜欢反思了。从这时开始，它就不仅能给出对某本书的评判，还能告诉我们，这本书与某些书有什么共同特点。它会说：注意这一点，我们该称之为什么？接着，它会给我们念一段《李尔王》，或许再念一段《阿伽门农》，以揭示那种共同特点。

于是，在自己的品味的引导下，我们就能超越单本书，去寻找能把书归为同类的那些特质，我们会为之起名，拟定规则，以此让我们感知的各种观念井井有条。通过这种辨析，我们将获得一种更深入、更罕见的愉悦。

不过，只有与书籍本身密切关联，并因此不断地破而再立，规则才能真正拥有生命力。在宛如真空的状态中，制定脱离实际的规则是再容易，也再愚蠢不过的了。

好了！为了在这种艰难的努力中稳步前进，我们现在终于可以求助于那些不可多得的杰出作家了，他们能够提升我们对于文学艺术的领悟。在柯勒律治、德莱顿[1]和约翰逊那些深思熟虑的评论中，在诗人和小说家们那些常被忽视的言辞中，往往会出现特别切题的看法，其相关性令人惊讶，足以照亮我们脑海深处模糊不清的念头，并加以巩固定形。

但只有当我们老老实实带着自己阅读中产生的问题和想法去请教时，他们才能真的帮到我们。如果我们把自己完全交托给他们，栖身在他们的权威之下，俨如绵羊躺在树荫里，他们就帮不到我们了。如果我们

[1] 约翰·德莱顿
John Dryden（1631—1700），英国诗人、剧作家、文学评论家、翻译家。代表作：《一切为了爱情》(*All for Love*)、《论戏剧诗》(*Essay of Dramatick Poesie*)等。

与他们意见相左，继而被他们征服，我们才会真正理解他们的判断。

如果真是这样——读书需要极其稀罕的想象力、洞察力和判断力——想必你会下这样的定论：文学是一种非常复杂的艺术，就算我们苦读一辈子书，好像也不太可能对文学评论做出什么有价值的贡献。我们必须继续当读者，而不应觊觎属于那些极少数佼佼者的高级荣誉，他们既是读者，又是评论家。但作为读者，我们仍然有自己的责任，甚至也有一定的重要性。我们设立的标准、做出的评判都会渗入空气，融入作家写作时呼吸的氛围。由此，缔造出对作者们的影响力，哪怕我们的感想不会被刊印出来。

只要是教导有方的、独立、真诚又有活力的影响，现在就可能拥有重要的价值，因为，在评论尚未定论时，书籍就像射击场上的动物靶子一样快速流动，评论家只有一秒钟的工夫去装弹、瞄准和射击，而且很可能失手，把兔子当成了老虎、把老鹰当成家禽，或者完全打飞，把子弹浪费在远处安详吃草的奶牛身上。

如果，除了媒体发表的某些尽失水准的评论，作家还能感受到另一种评价——来自只因热爱读书而慢慢地、非专业地读书的读者们，他们的评价带有强烈的共鸣，又

On the Terrace n.d. / Konstantin Korovin

极其严厉——这难道不会有助于提高作家的写作质量吗？如果，以我们读者的方式使书籍更茁壮有力、更丰饶多样，那就是一个值得去圆满的结果。

话说回来，又有谁读书是为了求个结果呢——哪怕是令人渴望的？有没有什么事，是我们仅仅因为它本身很美妙、因为有终极的幸福而去做的？难道读书不算吗？

至少，我会时常梦想，末日审判来临时，伟大的征服者们、大律师们和政治家们都领受了奖赏——王冠、桂冠、刻在大理石上的永不磨灭的姓名，这时候，上帝看到我们胳膊下夹着书走过来，就转向彼得，不无嫉妒地说："看，这些人不需要奖赏。我们没什么可以给他们的。他们曾热爱读书。"

画家小传

1 爱德华·霍珀
Edward Hopper（1882—1967）
美国画家，现实主义画派代表人物。其画作多描绘美国当代生活，善用光影营造孤独氛围。
代表作:《夜鹰》《加油站》《海边的房间》等。

2 亨利·马蒂斯
Henri Matisse（1869—1954）
法国画家、雕塑家，野兽派创始人。其画作以色彩鲜明、造型大胆著称。
代表作:《豪华、宁静、欢乐》《生活的欢乐》《开着的窗户》等。

3 奥古斯特·雷诺阿
Auguste Renoir（1841—1919）
法国印象派大师。其画作色彩鲜亮明快，多以女性、儿童为描绘对象。
代表作:《红磨坊的露天舞会》《船上的午宴》等。

4 文森特·凡·高
Vincent van Gogh（1853—1890）
荷兰后印象派画家，19世纪最伟大的画家之一。其风格极大影响了野兽派与表现派。
代表作:《星夜》《向日葵》《麦田乌鸦》等。

5 奥古斯特·马克
August Macke（1887—1914）
德国表现主义画家。其画作带有诗一般的抒情气质。
代表作:《有牛和骆驼的风景》《俄罗斯舞剧1号》等。

6 保罗·高更

Paul Gauguin（1848—1903）

法国后印象派画家。其画作注重主观经验的表达，具有原始、神秘的风格。代表作：《我们从哪里来？我们是什么？我们到哪里去？》《黄色的基督》《游魂》《敬神节》等。

7 威廉·格拉肯斯

William Glackens（1870—1938）

美国画家，"垃圾箱画派"创始人之一。代表作：《哈默斯坦的屋顶花园》等。

8 埃德加·德加

Edgar Degas（1834—1917）

法国印象派画家。其画作以芭蕾舞女、赛马为主要题材。代表作：《舞蹈课》《费尔南德马戏团的拉拉小姐》《调整舞鞋的舞者》等。

9 卡尔·维尔赫尔姆·霍尔索

Carl Vilhelm Holsoe（1863—1935）

丹麦画家。善画生活化的室内场景，画风典雅，氛围宁静。代表作：《窗边》《弹钢琴的女子》等。

10 卡米耶·毕沙罗

Camille Pissarro（1830—1903）

法国印象派领袖人物，其作品影响了包括塞尚、高更在内的无数画家。代表作：《塞纳河和卢浮宫》《雪中的林间大道》《蒙福科的收获季节》等。

11
罗伯特·德劳内
Robert Delaunay（1885—1941）
法国画家，最早创作纯抽象作品的画家之一。善将立体主义形式与鲜活色彩相结合。
代表作：《日光盘》《圆形：太阳和月亮》等。

12
勒内·马格利特
René Magritte（1898—1967）
比利时超现实主义画家。其画作具有超凡的想象力。
代表作：《戴黑帽的男人》《错误的镜子》等。

13
乔治·修拉
Georges Seurat（1859—1891）
法国画家，新印象派代表人物，点彩画创始人。
代表作：《大碗岛星期天的下午》《安涅尔浴场》等。

14
玛丽·罗兰珊
Marie Laurencin（1883—1956）
法国表现主义、立体主义画家。画作以女性为主要描绘对象，呈现出优雅清新的少女气息。
代表作：《西班牙舞者》《吻》等。

15
菲利克斯·瓦洛顿
Félix Vallotton（1865—1925）
瑞士艺术家、版画家、纳比派画家。其画作常展现出疏离压抑的氛围。
代表作：《罗卡马杜尔风景》《气球》等。

16
米尔顿·艾弗里

Milton Avery（1885—1965）

美国画家。其画作色彩淡雅可爱，展现出沉静、温柔的现代气息。

代表作:《薰衣草女孩》《两个诗人》等。

17
劳尔·杜飞

Raoul Dufy（1877—1953）

法国野兽派画家。擅长描绘风景及静物，其画作色彩明丽，风格灵动浪漫。

代表作:《勒阿弗尔的水上节目》《赛船》等。

18
马吕斯·博吉奥

Marius Borgeaud（1861—1924）

瑞士后印象派画家。擅长用质朴的画法来描绘室内家具及日常生活。

代表作:《绿色桌子》《白屋》等。

19
爱德华·蒙克

Edvard Munch（1863—1944）

挪威表现主义画家。其画作以浓烈的色彩、大胆的线条，抒发内心情绪与感受。

代表作.《呐喊》《生命之舞》《卡尔约翰街的夜晚》等。

20
康斯坦丁·柯罗文

Konstantin Korovin（1861—1939）

俄罗斯印象派画家。用色鲜丽，极擅表现夜晚街景。

代表作:《雨后巴黎》《巴黎之夜》等。

| 策　划 | 作家榜 |
| 出　品 | |

出 品 人	吴怀尧
产品经理	戴婧瑶
版式设计	陈　芮
封面设计	徐晨阳
封面插图	Grandjouan Maïté
特约印制	朱　毓

版权所有 | 大星文化
官方电话 | 021-60839180
本书图片如涉及使用版权等事宜请联系 | 021-60839180

图书在版编目（CIP）数据

一间自己的房间 /（英）维吉尼亚·伍尔夫著；于是译. -- 北京：中信出版社，2019.11（2025.5 重印）
（作家榜经典文库）
书名原文：A Room of One's Own
ISBN 978-7-5217-0922-3

Ⅰ. ①一… Ⅱ. ①维… ②于… Ⅲ. ①妇女文学－文学评论－世界 Ⅳ. ① I106

中国版本图书馆 CIP 数据核字 (2019) 第 175503 号

一间自己的房间
著者： ［英］维吉尼亚·伍尔夫
译者： 于是
出版发行：中信出版集团股份有限公司
（北京市朝阳区东三环北路 27 号嘉铭中心 邮编 100020）
承印者： 北京盛通印刷股份有限公司

开本：889mm×1194mm 1/32　　印张：9.625　　字数：159 千字
版次：2019 年 11 月第 1 版　　　　印次：2025 年 5 月第 20 次印刷
书号：ISBN 978-7-5217-0922-3
定价：45.00 元

版权所有·侵权必究
如有印刷、装订问题，本公司负责调换。
服务热线：400-600-8099
投稿邮箱：author@citicpub.com